EL DIOS DE VÍCTOR
y otras herejías

Título: *El Dios de Víctor y otras herejías* ©
Autor: Óscar Estrada
Prólogo: Rigoberto Paredes
Primera edición ©, Casasola Editores, 2015
Diseño y diagramación: Casasola Editores.
Fotografía de portada: Mario Ramos.
Fotografía de contraportada: Ariel Sosa.
ISBN13: 9780988781252
ISBN10: 0988781255

www.casasolaeditores.com

www.casasolaeditores.com

El Dios de Víctor
y otras herejías

Óscar Estrada

ÍNDICE

AGRADECIMIENTOS

A los amigos y amigas que en el transcurso de estos años escucharon o leyeron las distintas versiones de estas historias: a Camille Collins Lovell, Martín Cálix, René Centeno San Martín, Roverto Barra, Rigoberto Paredes, Eneida Incer y Marcela Torres, por los comentarios oportunos y correcciones necesarias.

A mi familia, fuente inagotable de historias.

Óscar Estrada

LAS HEREJÍAS DE LA HISTORIA

Lo que uno deduce a primera vista es que para Óscar Estrada la mayor herejía de la Historia (dicho sea sin resabios moralistas) es la guerra. «La guerra vuelve locos a los hombres» (…) «Mi padre estuvo en la montonera con Ponciano Leiva y cuando regresó parecía un animal» (…) «La guerra destruye también a los hombres buenos». Son fragmentos de diálogos entresacados del cuento emblemático que da título al libro de este escritor hondureño, quien se autodefine como guionista, novelista y abogado. De hecho, estudió en la Escuela Internacional de Cine y TV de la Habana, Cuba, y en 2012 publicó su primera novela, *Invisibles*. No estamos, pues, ante un neófito, lo cual queda demostrado en esta colección de cuentos, *El Dios de Víctor y otras herejías*, donde deja plasmada su pericia en el manejo de los recursos propios del género narrativo.

Cuento tras cuento (nueve en total) Estrada se adentra en un mundo diverso, violento y no menos desolado que bien pudiera ser este país. Los personajes —sus habitantes— somos en realidad nosotros mismos, todos signados por cierta sensación de vacío existencial, de incertidumbre y de calamidad, así se llamen Víctor, Juan, Isaac, Clementina, Óscar Estrada o Nicanor. Entre todos ellos quizá sea Víctor el que más tenazmente encarna un estereotipo de cierto sobreviviente que a diario vemos deambular a nuestro rededor y que desconocemos si regresa de la muerte o va hacia ella. «Siempre fue así (Víctor), independiente, estepario. Los últimos días de su vida, los vivió en un cuartito de concreto, con una cama sin colchoneta y un petate que olía a viejo, a cartón con calcetín y sudor», santo y seña todo eso de la desolación y la impotencia a las que puede estar condenado un ser humano de estas latitudes: «El mundo es una noche vacía», concluye amargamente.

Hay otros cuentos en este libro, como «El jardín de Clementina», «La vida es esto» —para sólo mencionar los que a mí más me gustan— donde los personajes y las situaciones se funden y se confunden en forma dramática, dando paso a una atmósfera menos atosigante o tal vez menos cruel que la recreada en «El Dios de Víctor», «El infierno de Juan» o en «Paternidad».

Se trata, en suma, de un libro que se deja leer, en el que esos personajes y esas situaciones son visibles y reconocibles a simple vista, como no puede ser de otro modo tratándose de un narrador con formación cinematográfica.

Este es el único trabajo suyo que conozco, pero aun así me atrevería a considerarlo desde ya como uno de los autores representativos de la literatura hondureña de hoy. Queda, por supuesto, mucho camino por delante, y eso él lo sabe mejor que yo.

Rigoberto Paredes
Tegucigalpa, diciembre de 2014

EL DIOS DE VÍCTOR

Entonces Dios habló estas palabras: «Yo soy el Señor tu Dios, que te saqué de Egipto, de casa de servidumbre».

Deuteronomio 5: 1—21

A mi abuelo,
que conoció el rostro de Dios.

I

«No tendrás otros dioses fuera de mí»

***

El día que Víctor murió estaba enojado con Dios. Era el final de sus ochenta y cinco años, ya los días estaban cargados con el peso de los pasos lentos y el mundo hablaba el lenguaje cifrado de las pantallas azules; cuando oyó el traqueteo de un helicóptero en el cielo a poca altura del techo de su casa, recordó su vida y sintió en el pecho que la había desperdiciado; porque habiendo cumplido los mandamientos con una convicción ciega, aceptando las pruebas con estoicismo, renunciando a las tentaciones que el mundo ofrece a cada paso, Dios lo olvidó en un cuartito sucio y pobre.

Víctor amaba a Dios como la Biblia lo ordena: por sobre todas las cosas, y creía en las escrituras sin metáforas, ni interpretaciones superficiales que —según él— no hacen sino alejar la palabra del Creador de su auténtica esencia.

«Seré favorable mil veces con aquel que siga mis mandamientos.» Dicen las escrituras y Víctor interpretó la Palabra como una promesa de Dios.

—¿Para qué va Dios a andarse con mentiras? —Se cuestionaba—, Él no necesita decir una cosa para decir otra. Si Dios dice verde, es verde; si dice negro, es negro.

Aunque él comprendía que el mundo no es justo, lo aceptó como pruebas de la infinita sabiduría del Creador. «Dios nos envía al mundo a sufrir —pensaba Víctor— para poner a prueba nuestra fe». Su fe sin embargo no le impidió ver el terror en los ojos de sus nietos que abrazados a su su madre, buscaban refugiarse del gas lacrimógeno que caía sobre su casa desde el cielo; ni le evitó escuchar los gritos de la gente que afuera corría en un enorme mar de miedo.

—No es justo —pensó Víctor antes de morir—. ¡Nada de esto es justo!

Por eso se prometió que al llegar frente a Dios y por el amor que le tenía, le haría un resumen detallado de sus razones para estar enojado con él.

Y así lo hizo.

II

«No te harás imagen, ni ninguna semejanza de lo que hay arriba en el cielo, ni abajo, en la tierra, ni debajo del agua. No te inclinarás a ellas, ni las honrarás. Porque el Señor tu Dios soy yo, fuerte, celoso, que visito la maldad de los padres sobre los hijos, hasta la tercera y la cuarta generación de los que me aborrecen»

***

Víctor nació en un día de fiesta nacional, cuando la noticia de la muerte del General López Gutiérrez explotó como pólvora en medio de la guerra civil de 1924; entre sitios, hambrunas y las masacres que revolvieron los fantasmas y demonios de Honduras.

—Que me perdone Dios por alegrarme de las desgracias de otros, pero esta guerra no ha traído sino calamidades —dijo la partera mientras enjuagaba sus manos para recibir al pequeño Víctor, cuya cabeza comenzaba a bajar por el vientre de Lucía.

—Al menos ahora terminará todo —comentó Lucía, la madre de Víctor, entre sollozos y pujas.

—Ojalá, aunque nunca falta quien quiera armar otro relajo —dijo la partera—. ¿No ha sabido nada de su marido, Lucía?

—Nada. Desde que se enmontañó no he sabido de él.

—El marido de Ondina volvió de la guerra hace una semana y dicen que vino loco. Ondina ahora tiene miedo de que el hombre la vaya agarrar a machetazos un día de estos.

Lucía respiró profundo y pujó con fuerza, sintiendo al pequeño que se abría paso entre sus carnes.

—La guerra vuelve locos a los hombres, Lucía —continuó la partera, revisando la dilatación entre las piernas de la parturienta—. Cuando vuelven ya no son iguales... Ya casi sale... siga empujando... Mi padre estuvo en la montonera con Ponciano Leiva y cuando regresó parecía un ánima. Por las noches se acurrucaba en la esquina del cuarto escuchando a las chicharras del monte, o se despertaba gritando como poseído por el diablo.

—Juan es un buen hombre y no es la primera vez que va a la guerra.

—Pero ya no es un muchacho —remarcó la partera—. Y la guerra destruye también a los hombres buenos. Confiemos en Dios que vendrá bien... ¿Está lista ahora?

Lucía asintió con la cabeza y respiró profundo.

—Empuje entonces —ordenó, preparando sus manos para recibir la cabeza oscura del pequeño Víctor.

Lucía recién cumplía los cuarenta años cuando nació Víctor y aunque la gente comentaba su edad como un impedimento para dar a luz a otro niño, ella estaba segura que Dios le ayudaría en la labor.

—¿Si el Señor le dio a Sara un hijo a los noventa años de edad, qué tiene de raro el mío? —Decía.

Pero su cuerpo ya no tenía la fuerza de antes

y temía perder a su pequeño. Por eso, siguiendo la costumbre de los habitantes de Tegucigalpa, decidió ponerle una vela a la pequeña estatua de la Virgen que compró un domingo a inicios de febrero en la aldea Suyapa.

—Santa María Madre de Dios, ruega por nosotros —suplicaba.

—¿En qué otra guerra estuvo su marido doña Lucía? —preguntó la partera cuando limpiaba la piel sanguinolenta del recién nacido.

—Él venía con las tropas de Santos Zelaya cuando entraron a Tegucigalpa y acá se quedó.

—Tienen razón entonces cuando dicen que dos tetas jalan más que una carreta —dijo sonriendo—. Yo que usted me hubiera ido para Nicaragua al nomás comenzar el relajo este de López Gutiérrez. ¿Para qué quedarse acá y arriesgarse a que lo maten?

—Eso le dije yo a Juan, pero él es así: terco como un burro. Dijo que no tenía caso andar huyendo, que la guerra brinca de país en país como pulga en perros callejeros...

—Tome —dijo la partera, pasándole el bebé a Lucía.

Lucía destapó su seno y lo prendió en la boca del pequeño; apreció sus ojos achinados y el pelo negro y largo sobre su rostro.

—Se parece a Juan —dijo y sonrió.

Esa tarde de marzo de 1924, al salir de la casa, la partera vio al cielo azul y observó el avión que cruzaba a baja altura. Jamás había visto algo parecido, sabía que existían esos aparatos modernos, había escuchado los comentarios que hacían los muchachos en el mercado, pero lo vio más pequeños de lo que hubiera imaginado. «Son como juguetes» —pensó, al escuchar el sonido continuo de las hélices que rompen el viento como ropa seca que golpea la nada. Y brincó del susto cuando el silencio modorro de la tarde se cortó con la primera explosión que despertó el tartamudeo cacofónico de las metrallas desde el Juana Laínez.

Lucía daba gracias a la Virgen por darle a su pequeño secaleche. Lo amaba, como amaba también a sus demás hijos: Misael, Ana y Lucía. Pero un día de 1931, el dolor de vientre la dobló y supo que moriría de muerte natural, porque era natural morir de cáncer cervical en esos años.

En la clínica de los misioneros en el barrio La Leona le dijeron que acababan de abrir un orfanato cerca del barrio Lempira, y fue hacia ahí a conocerlo. Era un edificio de piedra con un huerto en el patio y varias mujeres de riguroso hábito que administraban el centro como quien administra una institución carcelaria. Los niños, flacos de abandono, se ocultaban silenciosos tras los umbrales, llenando la penumbra con ojos pelados.

Lucía salió horrorizada de aquel lugar, las monjas la vieron correr al frente de una pequeña nube de polvo con el pequeño Víctor tirado de la mano.

—Yo le voy a cuidar al cipote, comadre, no se preocupe por él. Le juro que lo cuidaré como mi propio hijo. —Dijo la madrina del pequeño Víctor.

—Gracias, comadre, no tiene idea cuánto se

lo agradezco. Ese lugar me da miedo, no quisiera que mis hijos crecieran allí.

—Ningún padre quiere que sus hijos crezcan en un orfanato, pero es mejor que la calle. ¿Y con las muchachas, qué arregló?

—Pues ellas ya son mujercitas. Tengo una hermana en San Pedro Sula que me las va a cuidar.

—¿Y el mayor cómo es que se llama?

—¿Misael? A él lo mandé para El Salvador con la familia del papá...

Cuando Lucía decidió que era hora de irse, abrazó por medio minuto al pequeño Víctor y le recordó al oído que lo quería.

—Pórtese bien —le dijo, dándole en la mano la pequeña imagen de la Virgen que comprara un domingo de febrero en la aldea Suyapa. —La Virgen me lo cuide...

Víctor, que tenía entonces 6 años, con sus ojos grandes como de lechuza, vio partir a su madre sin derramar una lágrima. Nunca comprendió su partida, nunca la perdonó.

—¡Vení cipote! —Le gritó al rato su madrina desde la cocina.

Y Víctor entró a la casa para cenar la tortilla con cuajada.

—¿Qué tenés allí? —Preguntó la madrina que vio la imagen en la mano del pequeño.

Víctor extendió su mano y mostró la pequeña figurita de madera.

—Dame eso —ordenó la madrina, que tomó la estatuilla y la arrojó a la basura.

Al día siguiente, Víctor comenzó el trabajo en la hacienda.

III

«No tomarás el nombre del Señor tu Dios en vano. Porque el Señor no dará por inocente al que tome su nombre en vano»

***

Como todos los niños, Víctor creció. Su madrina le enseñó las leyes de Dios y de la iglesia adventista. Nunca fue a la escuela. En ese tiempo sólo los hijos de los ricos iban a la escuela y Víctor era hijo de nadie. No sabemos cómo fue su vida en casa de su madrina, poco queda en la historia sobre la infancia de los niños pobres. No sabemos si alguna vez preguntó por su madre, que murió al poco tiempo de regalarlo, ni sabemos si lloró o se sintió solo. Podemos sí, imaginar que Víctor, como todos los niños del mundo, se sintió triste y más de alguna noche se durmió viendo al techo de la pequeña casa, preguntándose por sus hermanos.

En esos días, llegó del reino de las sombras la figura tenebrosa del General Tiburcio Carías Andino. Víctor apenas fue testigo del ascenso al poder del General. A su edad, todos los gobernantes son gigantes que habitan un universo lleno de miedo y muerte.

Una tarde apareció un joven sacerdote por

la casa, cruzó la destartalada cerca de madera espantando las gallinas con su sotana y descubriéndose el sombrero negro. Era delgado y alto, frágil como un insecto. Tenía una cicatriz en el rostro que caía desde la sien hasta el mentón derecho.

—Buenas, doña —saludó el joven en la puerta.

—Buenas —dijo la madrina de Víctor, limpiándose las manos en las enaguas.

—Vengo a ver a Víctor.

—¿Y usted quién es? —preguntó la madrina, viendo la marcada cicatriz, aún roja, como de machete.

—Misael, el hermano del niño.

La madrina estudió por un rato al joven sa-cerdote que desde el umbral de la puerta preguntaba por Víctor. Lo conocía, o creía conocerlo. Había cambiado como cambiaba el siglo y en sus ojos tenía una sombra triste. «Qué distinto está» —pensó.

—¿Y qué quiere con él?

—Quería saludarlo.

Mandó a por el cipote que andaba con las bestias cerca del río. Mientras llegaba, se quedó en el patio viendo el rostro marcado de Misael.

—¿Y desde dónde viene usted, padre? —preguntó, conmovida por la expresión de cansancio en el joven.

—De El Salvador.

—Mi marido dice que la cosa está fea allá. ¿Es cierto eso?

Misael vio las plantas del jardín, como recordando sombras de las masacres de

Maximiliano Hernández. Se tocó la cicatriz del rostro con la punta de los dedos y levantó la vista al palo de jocotes que florecía en el cerco.

—Bien fea —dijo, como hablándole a una hormiga o a una flor seca.

Luego llegó Víctor, que silencioso se paró junto a la Madrina y vio al extraño hombre que le sonreía.

—Hola Víctor —le dijo Misael, agachándose para estar a la altura del niño—, estás bien grande ya.

Víctor vio a su madrina como pidiendo permiso para saludar.

—Es tu hermano —dijo la mujer mientras empujaba a Victor, suavemente, en dirección de Misael.

Poco duró la visita. Un par de preguntas que el niño apenas respondió, unos dulces de regalo, un corto abrazo y la promesa de volver algún día. Víctor recordaría muy poco de su hermano, la cicatriz y las manos callosas de campesino pobre estrujando sobre la sotana el sombrero negro, vio el color rojizo del atardecer en el cielo y la figura del sacerdote que se hacía pequeña a medida se alejaba.

La madrina, que no dejó de sentirse inquieta durante la visita de Misael, finalmente comprendió el viaje del joven, cuando el sábado en la iglesia escuchó del atentado terrorista en la toma de posesión del General Carías, a mano de extremistas extranjeros provenientes de El Salvador, que buscaban abortar la nueva administración.

—Dicen que entraron al país vestidos de

curas —dijo un hombre en la iglesia.

—Se burlan de Dios —comentó otro, indignado.

Los aviones de TACA lanzaron bombas sobre las tropas alzadas de Ferrera en las afueras de la ciudad. El Estado de Sitio se impuso en todo el país para sofocar el alzamiento.

—¡Qué Dios nos proteja! —comentó la madrina, imaginando que el horror de la guerra de 1924 comenzaba nuevamente.

Luego supo que entre las bajas del atentado estaba un joven de cicatriz en el rostro muy parecido a Misael. Y la madrina, que por misión guardaba la sobrevivencia de la pequeña familia, temió se vinculara a los actores del atentado con la militancia liberal de su marido.

—Tenemos que irnos de acá —ordenó.

Y así fue.

IV

«Honra a tu padre y a tu madre, para que tus días se alarguen en la tierra que el Señor tu Dios te da»

***

Los padrinos de Víctor se trasladaron a la Cuyamel de Zemurray, una improvisada urbanización repleta de casas de madera y mosquitos de malaria. Vendieron lo poco que tenían y por la madrugada iniciaron el viaje en mula, atravesando cerros, valles y ríos; pasando por Comayagua, Taulabé, Yojoa, hasta llegar al valle de Sula. En aquel tiempo el viaje duraba días, semanas; había que cruzar los ríos Ulúa y el Chamelecón en barcas de madera que se sumergían de a poquitos y cuando llegaba a la otra orilla era necesario nadar con todas las pertenencias para salir de las aguas. Dormir en el camino, requería una gran habilidad para espantar animales y salteadores de los cerros, que brotaban como mala hierba y cuando finalmente se llegaba a la costa norte, luego de semanas de horror y cansancio, se hacía sabiendo que no habría viaje de retorno.

—¿De qué vas a trabajar acá? —Preguntó la madrina a su marido al llegar a los barracones de las bananeras.

—En las fincas siempre están buscando obreros.

—¿Y Víctor? ¿Qué vamos a hacer con él?

—¡Qué se le va a hacer! —Dijo el padrino—, él es nuestro hijo.

Como aún no era muy fuerte, Víctor revisaba las matas de bananos buscando plagas. Con un machete pequeño cortaba las hojaldras muertas en espiral sobre el tallo. Con un arado rascaba el suelo de la raíz e inyectaba la urea. Por las tardes, trabajaba con las mujeres separando los bananos de calidad de exportación, de los mínimos para venta en San Pedro Sula. Trabajaba duro y no se quejaba. Los sábados, antes de ir a la iglesia, recibía su salario que iba completo a su madrina que administraba la despensa en los barracones.

A Víctor le gustaba trabajar en las bananeras. El padrino en cambio, odiaba eso. Con un pañuelo en la boca rociaba de pesticida las hojas de la mata, caminaba entre los pasillos verdes de la finca con una bomba en la espalda, escupiendo veneno contra el capital gringo.

En aquellos días era frecuente que el padrino desapareciera, a veces se iba por semanas completas y ni la madrina, ni Víctor hacían preguntas. Pero una vez Víctor vio a su madrina llorar; el padrino se despedía con un abrazo —poco frecuente en la pareja—, que al rato cortó el viejo, para alejarse por los barracones de la finca.

Con los días Víctor escuchó que los liberales desembarcaron en Tela al mando del General Umaña. Las tropas oficiales les dieron persecución por varios días, hasta que aplastaron el alzamiento, masacrando por completo a la débil guerrilla. Como castigo por haber recibido a los alzados, de La Ceiba se envió un destacamento de soldados que apresó a todos los morenos de San Juan; luego de torturarlos, los hicieron cavar sus propias tumbas en la arena blanca de la playa. Aquellos que lograron escapar, se fueron a la Honduras Británica, llevando consigo todo el horror de la dictadura, dejando atrás un mar de mujeres tristes.

Víctor lloró a su padrino que no volvió a casa.

V

«No matarás»

***

«La guerra está por todas partes». —Pensó Víctor, cuando escuchó de los combates en la lejana Europa. Y aunque la guerra le parecía horrorosa, sabía que era parte de esta vida. —Abrahán peleó para rescatar a Lot, prisionero en Sodoma, enfrentándose por la noche a la espada de hoz y Josué conquistó Jericó tocando el cuerno por siete días, matando finalmente, a todo hombre, mujer o niño, en nombre del Señor nuestro Dios.

Víctor supo de las maniobras de los soldados gringos en la costa norte. Escuchó de las expropiaciones que el gobierno hizo a las propiedades de los alemanes residentes en el país y de los judíos desesperados, que huyendo de los campos de concentración, pagaron en efectivo refugio al gobierno hondureño, y luego éste, después de tomar el dinero, les cerró la frontera.

«Maldito el país que se burla de los más necesitados» —pensó Víctor y como muchos, no dijo nada.

Con los años el Cariato se resquebrajaba. Resurgieron las revueltas liberales, aplastadas en un inicio con el puño firme de la dictadura; el General Bertrand Anduray se alzó en armas y cayó en combate; los comunistas, sindicalistas, campesinos, obreros, comerciantes del país se declararon en huelga y fueron perseguidos sin descanso... pero todo era lejano para Víctor, nada tenía que ver con él.

En 1944, Víctor era ya un hombre y trabajaba vendiendo frutas en la avenida El Comercio, cerca del mercado de San Pedro Sula. Era miembro activo de la iglesia adventista y no le interesaba la política de los hombres. No le gustaba el gobierno de Carías, pero entendía que si no se metía con él, él no se metería con su vida.

Una tarde una joven se plantó frente a él y lo vio con curiosidad.

—¿Víctor? —Dijo la joven, viéndole con los ojos vidriosos en su puesto de frutas en la avenida.

—¡Sí! —respondió Víctor, sorprendido de aquella joven.

—Soy Ana, tu hermana.

Y ambos se saludaron alegres.

—¿Aquí trabajas? —Preguntó ella, viendo el puesto de frutas en la calle.

—Normalmente sí, a veces voy a vender al parque central pero acá me va mejor.

—Yo vine con mi esposo a una manifestación. Me casé, te cuento.

—¡No sabía! Felicidades.

—¿Y ahora vivís acá en San Pedro?

—No, vivo en Cuyamel —respondió Víctor.

—¿Y desde allá venís todos los días?

Víctor asintió con la cabeza y luego vio al hombre que a lo lejos llamaba a la joven.

—Debo irme ya —dijo Ana, viendo a su marido que hacía señales con los brazos—. Ése es mi esposo. Otro día te lo presento. Quizá debés ir al parque a vender, habrá mucha gente y te puede ir bien.

—Voy a pasar más tarde —afirmó Víctor y se despidió de su hermana con un abrazo.

Movido por la curiosidad, Víctor decidió trasladarse con sus frutas al parque central. Se instaló a unos metros del estrado en donde un hombre daba un saludo al aniversario de la independencia de los Estados Unidos.

—Las naciones civilizadas definen su destino por las urnas —decía el hombre en el estrado—, los hermanos de Guatemala y El Salvador han decidido retomar el camino a la Democracia y nosotros, hoy acá reunidos, le exigimos al Doctor Carías, en nombre del pueblo hondureño, en nombre de los pueblos de Centroamérica, que renuncie a la presidencia de este país y convoque a elecciones.

Los aplausos fueron extensos, había alegría y optimismo en el ambiente, a pesar de la estricta vigilancia policial.

—Tome —dijo un hombre, extendiendo un panfleto político a Víctor, en donde se pedía formalmente la renuncia de Carías.

—¡No, gracias! —respondió Víctor, ignorando el panfleto, prestando más atención a su venta que a los discursos.

—Debemos advertir al Presidente que si no renuncia para el catorce de julio los obreros de la compañía iremos a una huelga de brazos caídos en todo el país. —Gritó otro hombre desde el estrado. Tenía un sombrero ancho y un extenso bigote que le cubría la boca. Alzaba su mano con la palma hacia su rostro, como golpeando el aire con el dorso para darle más fuerza a sus ideas.

Y los aplausos, nuevamente, fueron extensos.

Víctor vio el poco producto que le quedaba en el troco y decidió volver a casa, su anciana madrina lo esperaba para la cena. Esa noche habló con ella del malestar en la espalda de la señora, que rondaba los setenta años e ignoraba que estaba cerca de la muerte; de la venta de frutas en San Pedro Sula y de las noticias de la guerra en Europa. Evitó mencionar la manifestación en el Parque Central y no dijo nada sobre el encuentro con su hermana Ana.

Dos días después, el jueves, Víctor salió de su casa, guardó su producto en un enorme saco de mezcal y lo echó al troco de madera, trasladándose a vuelta de rueda hasta el centro de la ciudad, donde pensaba vender todo lo que tenía.

«A río revuelto, ganancia de pescadores» —se dijo.

Al llegar al centro vio con curiosidad que los negocios estaban cerrados; pero no le dio importancia y se instaló con su venta donde siempre lo había hecho: sobre la calle del comercio.

Después del medio día la gente comenzó a aglomerarse. Para las cuatro de la tarde la multitud habían llegado hasta él. Eran cientos, quizá miles de personas, hombres de todos los estratos sociales, mujeres, ancianos, niños y jóvenes que caminaban en silencio, como procesión del Jueves Santo.

La marcha estaba encabezada —principalmente— por mujeres. Víctor prestó atención a los rostros, estirando el cuello como tortuga, buscando a su hermana entre las manifestantes. Pero no logró dar con Ana. En sus adentros él sabía, que ella debía estar ahí, entre la multitud, pero resultaba difícil localizarla.

Un hombre vestido de saco llamó a gritos a los manifestantes. Era el mismo hombre del bigote y el sombrero ancho que hablara en el parque central dos días antes.

Víctor no logró escuchar con claridad lo que el hombre decía, pero pudo escuchar un «¡Viva Honduras!» que pareció partirle los oídos.

Al momento sonó un disparo seco, hondo, que vino del frente de la manifestación y que tomó a todos por sorpresa.

Luego comenzaron las metrallas, en un tartamudeo tenebroso que retumbó con eco en las paredes pálidas de la ciudad. El silencio se regó a nivel del suelo y los gritos cubrieron los cuerpos dispersos por la acera gris.

El primer impulso de Víctor fue recoger su producto, tomar su troco y alejarse, buscar un lugar seguro —después de todo, él no tenía nada que ver con la manifestación—. Pero no pudo. La gente corría desesperada para ponerse a salvo de los disparos que venían de todas partes.

En segundos la calle se convirtió en un río de

gente espantada que tropezaba una con otra y caían... caían... caían...

La puerta de una farmacia se abrió y salió una joven que llamaba a gritos para que la gente se refugiara adentro del establecimiento. Víctor la conocía bien, ella solía comprarle naranjas al llegar al trabajo. Era linda, más o menos de su edad. Irene se llamaba, pero le decían La Reina, porque había sido reina de la Feria Juniana.

Víctor pensó en correr y meterse en la farmacia, sabía que La Reina le dejaría entrar. Pero vio como la joven cayó de bruces en el suelo abatida por una ráfaga de metralla que parecía venir de la terraza de la tienda Larach.

Un joven estudiante de secundaria cayó sobre la mesa llena de naranjas, botando las frutas que rodaban por la calle ensangrentada, formando bolas rojas por el pavimento. Víctor se arrojó al suelo para protegerse de las balas. Vio a un hombre —el microeléctrico le decían en el mercado, feo, pobre infeliz— que corrió hasta el cadáver fresco de la reina de belleza y la abrazó llorando.

—¡Mamita! —Gritaba el microeléctrico mientras lloraba de rabia, viéndose las manos ensangrentadas— ¡Mamita! —decía.

Luego más tiros y más cuerpos cayendo por todos lados.

De panza sobre el suelo, Víctor comenzó a moverse despacio, confundiéndose con los cuerpos de los hombres y mujeres que agonizaban, llorando y pidiendo ayuda, arrastrándose sobre la sangre que parecía manar desde el asfalto.

En una esquina había una mujer acurrucada

cubriendo con su dorso el cuerpo de un niño de unos siete años. Víctor llegó hasta ellos, esperando ayudarles a salir de aquel infierno. La tomó del hombro moviendo su cabeza y vio los ojos de la mujer; su rostro tétrico cayó pesado sobre sus rodillas cuando Víctor la soltó espantado, y la cara muerta del pequeño le recordó a los niños que corrían entre las barracas de la compañía bananera.

—¡Dios! —Fue lo único que dijo Víctor, retrocediendo con horror, alejándose del cadáver de la señora que cayó nuevamente sobre el pequeño.

Casi arrastrándose llegó hasta la esquina, a pocos metros de él, le pareció haber visto a su hermana Ana que tenía el rostro cubierto de sangre y yacía en posición fetal sobre el suelo. Víctor pensó en ir a por ella y rescatarla, pero vio a los policías que venían por la calle rematando los cuerpos que aún estaban con vida.

Se incorporó y corrió tan rápido como pudo, tropezando entre los cuerpos ensangrentados y las vísceras humanas dispersas en el asfalto enrojecido.

Al llegar a Guamilito se lanzó sobre un terreno baldío, sumergiéndose entre el pasto crecido y el mozote. En el suelo, boca arriba, revisó su cuerpo, buscando alguna herida que explicara la sangre sobre la ropa.

Pensó en su hermana y lamentó no haber podido ayudarle a salir; pensó en los hombres que pistola en mano remataban a los sobrevivientes y se convenció que de haberse quedado, habría muerto.

«No era ella —se dijo—, era una mujer que se parecía mucho, pero no era ella.»

Y decidió que la joven que había visto morir en la calle era otra muchacha, no Ana, no su hermana. «El señor me ha salvado» —pensó...

Ya más calmado y en voz baja recitó el Salmo 23, mientras miraba las hojas de un almendro parchar de verde el azul claro del cielo. A lo lejos las volquetas de la municipalidad recogían los cadáveres para llevarlos al crematorio municipal y quemarlos.

«El señor es mi pastor; nada me faltará. En verdes praderas me hace descansar, junto a tranquilas aguas me pastoreará. Restaura mi alma. Me guía por sendas de justicia por amor a su nombre. Aunque ande en el valle sobrío de la muerte, no temeré mal alguno, porque tú estás conmigo. Tu vara y tu cayado me infunden aliento. Me preparás la mesa en presencia de mis angustiadores. Unges mi cabeza con aceite, mi copa está rebosando. La bondad y el amor me seguirán todos los días de mi vida, y en la casa del señor viviré para siempre.»

VI

«Acuérdate del día sábado para santificarlo. Seis días trabajarás y harás toda tu obra. Pero el septimo día es el día del Señor tu Dios. No hagas ningún trabajo en él; ni tú, ni tu hijo, ni tu hija, ni tu siervo, ni tu criada, ni tu bestia, ni tu extranjero que está dentro de tu puerta»

***

Víctor conoció a Elena, una menuda cipota de ojos claros y cabello castaño, una tarde de febrero en el mercado Guamilito. Ella trabajaba como costurera en un puesto cerca de los talleres electrónicos, donde la madrina mandó a reparar el viejo radio que usaba para escuchar la música de Jorge Negrete, que tanto le gustó los últimos día antes de morir y que Víctor, en esas carreras del sepelio y la soledad, olvidó retirar por siete años, hasta que el dueño del local lo llamó a gritos pidiéndole que se llevara el viejo chunche antes de que se pierda.

No hubo romance. Elena aceptó casarse con Víctor, como quien acepta subir a una carreta en movimiento: de prisa, sin pena ni gloria.

En 1954 tuvo su primera hija.

Un domingo en el muelle del puerto los obreros estaban revueltos, como hormigas cuando cae la lluvia.

—¿Qué está pasando acá? —Preguntó Víctor.

—No nos quieren pagar el domingo —dijo un viejo obrero de mirada dura y dientes negruscos de mascar tabaco.

—Le dijimos al capataz que para que le trabajemos los domingos queremos que nos paguen doble. Es lo justo —agregó otro obrero.

—¿No hay quién venda producto entonces? —Preguntó Víctor, pensando en el largo viaje hecho desde El Progreso para comprar la fruta de la venta del día siguiente.

—No, no hay quién le venda —dijo indiferente el hombre de los dientes negros.

Víctor vio al grupo de obreros que se apilaban en una esquina, escuchando las noticias que alguien traía desde la oficina del capataz.

—¡Dicen que no se van a sentar a negociar hasta que no carguemos el barco! —gritó un joven de sombrero blanco.

—¡Lo mismo nos dijeron la semana pasada y al final nos salieron con pajas! —gritó el hombre de los dientes negros.

Los obreros se revolvieron. Alguien gritó que el barco debía ser cargado por la madre del capataz y todos rieron imaginando a la señora con los racimos de guineos en el lomo. Luego, otro obrero recordó que nadie trabajaría hasta que la compañía accediera a sus demandas... Nunca, hasta ese momento, se mencionó la palabra «huelga»; pero cuando se hizo, se regó sigilosamente como culebra por los surcos y caminos rodeados de bananos, entre los barracones repletos de pobreza, sobre las avenidas de la ciudad temerosa, entre las paredes de adobe de la comisaría, por las montañas y valles del país, bajo la alfombra persa de la embajada americana y entre los espejos del salón presidencial.

—Dicen que los obreros están revueltos. —Comentó Elena cuando cenaban.

Víctor encogió sus hombros pensando que la palabra de Dios era clara:

—El alma del perezoso desea y nada alcanza —dijo.

Los militares llegaron al puerto cubiertos en una nube de malos presagios. Buscaron en la ciudad, de puerta en puerta, a los «agitadores extranjeros» que estaban incitando a los trabajadores a la huelga. Pero no encontraban más que niños culichosos y mujeres preñadas.

—¡No vayás a salir, Víctor! —suplicó Elena preocupada—, no vayan a creer que vos también sos huelga.

—¡Qué huelga voy a ser yo, si ni trabajo tengo!

Al día siguiente llegaron más obreros. Iban a pie, de finca en finca, hablando con los vecinos. Víctor los vio pasar frente a su barracón y escuchó los comentarios en la radio.

—Son los comunistas guatemaltecos que han venido a revolver todo —decía un locutor en la radio, repitiendo la oferta que hecha por la compañía a través de panfletos arrojados desde las avionetas que fumigan las fincas: «cinco centavos por hora».

Víctor pensó que el aumento era más de lo que merecían.

—¡Que se pongan a trabajar ya! —dijo, recordando una vez más las palabras que decían en la radio—. El que no trabaja, que no coma.

VII

«No hurtarás»

***

A la honorable edad de treinta y nueve años, en su barrio, Víctor tenía el respeto que se ganan los que sobreviven a la juventud. En la iglesia alcanzó cierto nivel de prestigio, por su fe y la rigidez de sus hábitos.

A las cinco de la mañana de un 3 de octubre, Víctor escuchó un camión que se detenía frente a su casa para sacar en calzoncillos a su vecino, que había sido guardia de honor presidencial de Villeda Morales. Por más que su mujer lloró, explicando que el hombre estaba ya retirado del ejército, los soldados armados lo subieron a la paila del camión y nunca más volvió a aparecer.

Víctor conocía al vecino, había hablado con él muchas veces y siempre le pareció una buena persona.

—Quitate de la ventana mujer, que te van a pegar un tiro —ordenó Víctor.

—Se están llevando a Ramón —dijo Elena, con la vista en el claro de la ventana.

—Mientras no nos metamos en nada, estamos a salvo.

Lo cierto es que Víctor lamentó el Golpe de

Estado. Pensaba votar por Modesto Rodas Alvarado en las elecciones de noviembre, pero recordó el dicho: «en boca cerrada no entran moscas», que en esas circunstancias sonaba como amenaza, y entendió que no tenía vela en ese entierro.

—Al final los políticos de Honduras siempre se arreglan entre ellos —dijo.

Varios noches después del secuestro del vecino, la esposa de Ramón tocó a la puerta de su casa. Víctor abrió y la invitó a entrar.

—Disculpe que los moleste, don Víctor —dijo la vecina—, pero necesito que me ayude.

Elena se acercó y se sentó junto a ellos en la pequeña mesa que había junto a la cocina de leña. Las hijas de Víctor también se acercaron curiosas, pero Víctor las mandó a acostar.

—Es que necesito dinero con urgencia esta noche —dijo la mujer—, sólo en ustedes puedo confiar. Quiero ver si me presta algo y le dejo este reloj de garantía.

Víctor vio el reloj en la mano de la vecina, lo había visto antes en el puño del exmilitar desaparecido. Sabía que costaba mucho dinero, a lo menos unos trescientos lempiras.

—Pero nosotros somos muy pobres y apenas tenemos unos centavos —dijo Víctor.

—Lo que sea —rogó la desesperada mujer—, tengo que salir esta noche y no tengo suficiente dinero para llevarme a los cipotes.

—¿Cuánto ocupa?

—Unos cien pesos.

—No creo tener tanto —comentó Víctor.

Se levantó y se acercó a la estufa donde

guardaba el dinero que atesoraba y usaba para comprar las frutas del mercado, lo contó y apenas ajustó unos sesenta lempiras.

—Sólo tengo cincuenta —dijo.

—Está bien don Víctor, eso me ayudará en algo. En una semana le prometo que le mando su dinero y usted me manda el reloj. Que Dios lo bendiga.

Las semanas pasaron y la vecina no volvió. Víctor tenía guardado el reloj en la misma lata de leche donde guardaba el dinero. Se sentía mal por tener la prenda, sentía que era un robo y la Biblia era clara. Pero no sabía qué hacer.

Un día tomó el reloj. Su esposa lo vio y le preguntó:

—¿Qué vas a hacer?

—Deshacerme de éste reloj.

—¿Y cómo vas a hacerlo?

Víctor encogió los hombros y salió sin responder. Llegó hasta el centro de la ciudad, buscó una casa de empeños y entró. Nunca en su vida había entrado a un negocio así, nunca había tenido algo qué empeñar. Se distrajo viendo los electrodomésticos y joyas en la vitrina.

—¿Qué desea? —Le preguntó un hombre con acento árabe.

—Quiero empeñar éste reloj —dijo Víctor.

El árabe tomó el reloj en sus manos y examinándolo con ojo experto, preguntó:

—¿Es suyo?

—Un amigo me lo regaló.

—Es un buen reloj. Le doy ciento cincuenta pesos.

—Sólo quiero cincuenta —dijo Víctor.

—Pero puede sacar más —comentó el árabe.

—Deme sólo cincuenta, es lo que quiero.

—Está bien —dijo el árabe, que luego entregó a Víctor el dinero.

Víctor vio los cincuenta lempiras en su mano. «Pesan como treinta monedas de plata», —pensó y salió de la tienda.

Al salir, Víctor sintió que Dios le hablaba y que le decía que había actuado con justicia.

VIII

«No codiciarás la casa de tu prójimo, no codiciarás la esposa de tu prójimo, ni su siervo, ni su criada, ni su buey, ni su asno, ni cosa alguna de tu prójimo»

***

El viernes por la mañana, Víctor se levantó con una angustia que le apretaba el pecho, como de cuando a uno se le olvida algo importante y no lo sabe todavía, con esa sensación que tiene el cuerpo segundos antes de las malas noticias.

Elena se levantó a preparar el desayuno. Ese día Víctor iría a San Pedro Sula para hablar con el pastor de la iglesia que le prometió un trabajo de vigilante, cuando escuchó los gritos que venían de la casa del vecino.

—¡Salgan, hijos de puta! —Decía un hombre desde un carro—: ¡Están rodeados!

—¿Qué está pasando? —Preguntó Elena bajando la voz. Víctor se levantó de su silla y se asomó al patio de la casa.

—¡Salgan! —Volvieron a gritar.

—¿Son soldados? —Preguntó Elena, asustada.

—Sí. Están frente a la casa de Aquileo.

—¡Vení, metete a la casa Víctor, no salgás!

—Dijo Elena, con su voz temblando de miedo.

Las niñas salieron del cuarto al escuchar los gritos. Elena las mandó a esconderse bajo la cama y orar.

Una descarga de metralla tronó partiendo el silencio. Víctor entró a su casa y trancó la puerta.

—¡aaaaaayyyyyy! —Gritó un hombre en el patio.

Afuera una mujer lloraba, suplicaba que no mataran a su marido.

—¡Denle agua! —Gritó desesperada la mujer.

Otra ráfaga de metralla.

Víctor abrió un poco la ventana para asomarse y ver a la casa del vecino. Dos soldados tenían a un hombre agarrado de los brazos mientras otro le hablaba cerca de la cara. El hombre era de baja estatura, piel trigueña de indio curtido. Un soldado sacó un yatagán de su cinturón y le partió el cuello al prisionero que cayó al suelo como bulto. El soldado reía mientras lamía la sangre del puñal.

Otra ráfaga. Más gritos.

Al rato colocaron a los muertos en fila. Víctor contó y eran siete.

—¿Qué está pasando? —Preguntó Elena llorando.

—Están golpeando a Ángela, la hija de Aquileo, le preguntan dónde está el padre del bebé. —Dijo Víctor.

—¡Santo Dios, protégenos! —Rogó Elena.

—¡Mátenme! —Gritaba la vecina con un bebé en los brazos mientras dos pequeños lloraban prendidos a sus enaguas —¡Mátenme ya si quieren desgraciados, pero les juro que no sé nada!

Otra ráfaga. Esta vez los soldados reaccionaron sorprendidos.

—¡Pendejo mataste al compañero! —gritó uno de los soldados.

—¡Pensé qué era de los guerrilleros! —respondió el soldado que había disparado.

El sargento ordenó que levantaran al infortunado soldado y se lo llevaran —baja amigable—, para no mezclarlo con los otros muertos. Víctor vio cómo llevaban el cuerpo colgado de las extremidades, la cabeza desplomada y los ojos abiertos plantados al cielo.

Varios soldados salían de la casa con los brazos llenos de ropa, electrodomésticos o cualquier cosa de valor. Luego, cuando ya no había más que saquear, le prendieron fuego a la casa y las llamas, que se extendieron rápidamente, lo consumieron todo.

—¿Qué hacemos ahora? —Preguntó Elena.

—¡Nada! —Dijo Víctor—. No haremos nada.

IX

«No cometerás adulterio»

***

«Todo el amor es uno solo, —pensaba Víctor—. Todo el amor es el amor a Dios.»

Y desde esa premisa comprendía que su amor, simple de hombre pobre, era infinito.

Pero Elena, joven aún, deseaba vivir su vida de otra manera. Lejos de la austeridad marcial impuesta sobre el cariño por la fe de Víctor.

Un día ella conoció a Raúl, un hombre alto, flaco y simple, de bigote grueso y manos grandes que reparaba electrodomésticos en el mercado Guamilito y disfrutaba las mujeres ajenas más que a la suya.

Elena escuchó con agrado las palabras melosas del electricista y se dejó llevar por el apetitoso baile que envuelve el adulterio.

Al principio era discreta. Guardaba sus mejores ropas para ir al trabajo, perfumaba con agua florida las esquinas redondas de su cuello y procuraba escaparse en horas laborales, cuando Víctor vendía en la calle del comercio y las niñas estaban en la escuela.

Pero con los días el secreto se hizo pesado. Elena comenzó a comparar la pequeña libertad que su cuerpo experimentaba con aquel hombre flaco de hablar histriónico, al rigor de los cantos religiosos del viernes por la noche; las historias escandalosas de Raúl, donde hablaba de sus viajes de marinero y las victorias en las peleas de cantinas en pueblos y aldeas, a los versículos bíblicos de Víctor.

Así, un día, Elena, sin mayor trámite, se acercó a su esposo y le dijo que se iba.

—¿Estás con otro hombre? —preguntó Víctor.

—Así es —dijo Elena.

Y tomando un par de maletas con la ropa más bonita que tenía, se fue.

Víctor no le dijo adiós. Cuando las niñas comenzaron a llorar porque su madre se iba, las mandó a callar.

X

«No hablarás contra tu prójimo falso testimonio»

***

Víctor creía que la guerra era sólo un cuento de ancianos. En la radio escuchó: «hondureño, toma un leño y mata un salvadoreño». Recordó la cicatriz en la cara de su hermano Misael muerto hace tanto tiempo, y le pareció ridícula la consigna.

Luego, años después, escuchó de los contras que erraban sobre los cafetales del Paraíso y de la tropa de niños rubios hijos de nadie que crecían en los burdeles de Palmerola.

Pero la guerra apenas llegó a él, entre chismes que hablaban de las carnicerías en Sumpul y de los desaparecidos desde helicópteros clandestinos en alta mar.

Cuando las fuerzas militares comenzaron a buscar a los subversivos, acusándolos de espías rusos o enemigos de la democracia, llegaron a él y hablaron con Víctor, que por su puesto de frutas conocía a todos en el barrio.

—¿Quiénes son comunistas aquí? —Le preguntaron.

Víctor encogió los hombros y sin saber aún por qué, por primera vez, mintió.

—No sé —respondió—. Acá toda la gente se parece.

[EPÍLOGO]

«Amarás al Señor tu Dios sobre todas las cosas y a tu prójimo como a tí mismo».

***

Llegó la vejez. Víctor un día tomó sus cosas y volvió a la ciudad que le dio la vida. Regresó a Comayagüela, buscando quizá los fantasmas que dejó enterrados cuando niño.

Siempre fue así, independiente, estepario. Los últimos días de su vida, Víctor los vivió en un cuartito de concreto con una cama sin colchoneta y un petate que olía a viejo, a cartón con calcetín y sudor.

Esa mañana llegaron hijas y nietos a acompañarlo. Víctor no tenía energía suficiente para echarlos y los dejó deambular por la casa como quien espera una mala noticia.

Él sabía que estaba muriendo.

—¿Cómo está, papá? —Le preguntó su hija Ana, acercándose a la cama del viejo.

Víctor dijo algo ininteligible, un quejido ronco que sonó a reclamo. Luego cerró los ojos y comenzó a recitar de memoria: El Abismo es mi morada, en las tinieblas extendí mi lecho. Yo grito a la Fosa: Tú eres mi padre, y a los gusanos: Mi madre y mis hermanos. ¿Dónde está entonces mi esperanza? Y mi felicidad, ¿quién la verá? ¿Bajarán conmigo al Abismo? ¿Nos hundiremos juntos en el polvo?

—¿Qué está diciendo? —Preguntó Ana que no entendía el monólogo del viejo.

Víctor siguió hablando: Como asnos salvajes en el desierto, salen los pobres, buscando una presa. Aunque ellos trabajan hasta la tarde, no tienen pan para sus hijos. Cosechan en el campo del impío, vendimian la viña del malvado. Pasan la noche desnudos, por falta de ropa, sin un abrigo para taparse del frío. Empapados por el aguacero de las montañas, sin refugio, se acurrucan contra las rocas. Andan desnudos, por falta de ropa, cargan las gavillas, y están hambrientos. Exprimen el aceite entre dos máquinas de moler, pisotean el lagar, y están sedientos. De la ciudad, salen los gemidos de los moribundos, las gargantas de los heridos piden auxilio, ¡pero Dios no escucha sus plegarias!

Víctor abrió los ojos y pidió ayuda a Ana para sentarse. Ana corrió y puso un cojín viejo en la espalda de su padre para que la incomodidad de la muerte fuera menos.

—¿Necesita algo más papá? —Preguntó.

Víctor negó con la cabeza.

—Yo esperaba lo bueno y llegó lo malo —dijo hablando a sí mismo—, aguardaba la luz y llegó la oscuridad. Me hierven las entrañas incesantemente, me han sobrevenido días de aflicción. Ando ensombrecido y sin consuelo, me alzo en la asamblea y pido auxilio. Me he convertido en hermano de los chacales y en compañero de los avestruces.

Hubo una pausa, a lo lejos se escuchaba un ruido como de agua corriendo por las piedras.

—¿Qué está pasando afuera? —Preguntó Víctor.

—Parece que dieron un golpe de estado.

Víctor terminó de incorporarse, encogió los hombros.

—Otro golpe —comentó, recordando los

muchos que vio en su vida—. Dame un cigarro —ordenó después.

Ana lo vio extrañada, Víctor en su vida había fumado un cigarro.

—¿Y qué le pasa a usted que quiere un cigarro? —Le reprochó.

—¡Dame un cigarro! —Repitió la orden, esta vez con más fuerza.

Un nieto sacó un paquete de cigarros rojos del bolsillo y se lo extendió.

—¡Encendélo! —Pidió el anciano.

Aún sin comprender, su nieto buscó un fósforo y prendió fuego al cigarrillo, luego se lo pasó.

—¿Pero usted decía que fumar era ofender a Dios? —preguntó el nieto.

Víctor llevó el cigarrillo a la boca y pegó la primera bocanada de humo. Luego tosió.

—¡Papá, déjese de tonteras hombre! —Dijo su hija—. Eso le va a hacer daño.

Una leve sonrisa se dibujó en el rostro de Víctor.

—¿Y qué —preguntó—, me va a matar?

Vio el cigarrillo entre sus dedos, la braza roja y el humo blanco que subía como alma de muerto. Levantó la vista y vio las paredes derruidas de su cuarto, sintió el olor a pobreza que le golpeaba los pulmones. Afuera, a lo lejos, se escuchó una explosión como de cuete de feria.

—¿Quiere que llame al pastor? —Preguntó Ana.

—¡No! —Dijo Víctor—. No quiero alimañas en mi casa.

—¿Por qué dice eso, papá? ¿Qué le pasa?

Víctor volvió a fumar. Escuchó con atención los sonidos de la calle, a los nietos que jugaban en el patio y un helicóptero que sobrevolaba los barrios de la ciudad.

—¿Son tus hijos los que juegan afuera? — Preguntó Víctor.

—¡Sí! —Le dijo Ana, mirándolo a los ojos.

El viejo Víctor tenía los ojos cansados.

—¿Cuántos años tienen?

—El mayor tiene quince años.

Víctor recordó su vida, se recordó nuevamente a sus diez años, y se recordó corriendo a orillas del río Choluteca; de veinte años vendiendo guineos en las calles de San Pedro Sula; y pensó en todos los muertos que hubo en su existencia. Pensó en su madre, cuyo rostro apenas recordaba; en su hermano Misael, que vio una vez a los nueve años; y en los ojos tristes de su hermana que murió en un charco de su propia sangre. Pensó en la madrina y su eterno dolor de espalda y en el padrino que murió anónimamente en una playa blanca de Tela.

Volvió a fumar.

—Hice todo lo que Dios ordena al hombre hacer —le dijo a su hija—. He vivido con sus reglas y mandamientos y mírame aquí, al final de mi vida en este cuarto que huele a mierda.

Ana se escandalizó al escuchar a su padre: jamás, él, había dicho esas palabras.

—¡No diga eso papá, Dios tiene un plan para todos!

—Dios no tiene más planes para nosotros que cualquiera de tus hijos. ¿Qué plan puede ser este, que da riqueza al malvado y condena a sus servidores a vivir en el abandono? ¿Qué cielo puede ser éste que se construye sobre el sufrimiento y la miseria humana?

—¡Pero hay que pensar en Job! —Respondió la hija, que conocía la Biblia tan bien como Víctor.

—¿Job? ¡Job era un imbécil! —sentenció Víctor.

Ana guardó silencio, ella pensó que su padre había perdido la razón.

Los niños entraron a la casa, venían alarmados. Ana dejó a su padre un momento y se acercó a sus hijos.

—¿Qué pasa?

—¡Qué viene la gente corriendo hacia acá! —Dijo el mayor de los hijos.

—¡Métanse todos y cierren la puerta! —Ordenó Ana.

Afuera la gente corría y gritaba, algunos jóvenes se paraban y arrojaban piedras a los militares que les perseguían. La niña comenzó a llorar de los nervios, Ana se acercó a su hija y la abrazó calmándola. Arriba, casi sobre el techo de la pobre casita de Víctor, estaba el helicóptero con su traqueteo macabro.

Víctor guardó silencio, miró a Ana abrazada a sus nerviosos hijos y escuchó el galopar del río humano que se perdía por las calles, no muy lejos de dónde Víctor había visto la luz por primera vez en su vida hace ya ochenta y cinco años.

—¡Dios, ya me vas a escuchar! —dijo Víctor después de un rato.

Luego volvió a fumar.

[Mayo de 2013]

EL INFIERNO DE JUAN

«No hay mayor dolor en el infortunio
que recordar el tiempo feliz»

La Divina Comedia, Dante Alghieri.

La aldea estaba en cenizas cuando llegaron los soldados. Nunca habían estado allí, hasta ese día, aquel lugar no existía para ellos. Ante sus ojos se abrieron los escombros como una pesadilla: en el suelo, regados por el camino, habían decenas de cuerpos putrefactos de hombres, mujeres y niños, los perros arrancaban trozos de carne de los cadáveres y el humo se elevaba al corazón de las nubes como un hilo macabro.

Juan comprendió que la guerra había llegado a su fin porque ya no había nada más que destruir. Miró con horror el cuerpo de lo que antes había sido un hombre, porque cuando la muerte impúdica arrebata lo humano del cuerpo, solo se puede ver con horror los despojos que deja. Los párpados de aquel hombre habían desaparecido con las llamas y los ojos pelados se salieron de su rostro; los labios se redujeron, dando la impresión de habérsele agrandado los dientes en una sonrisa monstruosa y las manos engarrotadas intentaban —inútilmente— protegerle del asesino fuego. Frente a la puerta de una casa ya destruida, o frente al recuerdo de una casa, había un perro devorando la pierna de un niño. Arrancaba con los dientes los trozos de carne chamuscada y gruñía con los tejidos duros y los huesos blandos que ya no terminarían de formarse. Sin pensarlo, Juan tomó su fusil y disparó al perro que murió con un corto chirrido que enmascaró el eco de la explosión del arma.

Era la hora nona, el sol brillaba con su esplendor tropical y el atardecer parecía aún lejano. El Capitán, hombre sabio en las artes de la guerra, detuvo su bestia y vio que Juan bajaba su fusil. Hasta ese momento habían pasado desapercibidos por aquellas montañas malditas y temía que las tropas enemigas los descubrieran al escuchar el disparo. Por eso, amenazó a Juan con fusilarlo si volvía a disparar el arma sin su permiso.

Los soldados, aún conmovidos por la escena de la aldea arrasada, porque los hombres guardan en algún rincón del pecho la capacidad de conmoverse con los horrores que ellos mismos crean, escucharon un sonido ahogado en el monte y como impulsados por un reflejo se pusieron en posición de ataque.

El Capitán, pensando que su temor se había hecho realidad, sacó su pistola del cinto y avanzó con la mula: «¿Quién vive!» —gritó, confiando en Dios que no fueran las tropas oficiales.

Juan estaba a pocos metros del Capitán apuntando hacia el monte con su fusil, esta vez sí tenía permiso de disparar. Pero del monte salieron una veintena de ojos asustados, no los soldados que el Capitán esperaba, sino los habitantes tristes de aquella aldea, ahora inexistente, que llamaban Jerusalén.

El silencio fue absoluto, ni los animales hacían ruido. El viento se detuvo para observar con terror —si el viento es capaz de cualidades tan humanas— aquellos mugrientos despojos de miradas fijas en el alma de los fusiles.

Los soldados bajaron sus armas y respiraron con alivio. Casi se echaron a llorar al ver a los aldeanos llegar; por poco corren a abrazarles y darle gracias al cielo que eran ellos y no los otros, los enemigos. Algunos de los soldados comprendían que la muerte les iba a llegar en la siguiente batalla y agradecían las horas de más que la suerte les daba. Las guerras se pasan así, buscando el enfrentamiento y huyéndole.

El Capitán guardó su pistola en el cinto y miró a su alrededor, como buscando alguna señal que le indicara si había más gente escondida. Se bajó de su mula, vio el humo que se perdía en un fino hilo en el corazón del cielo. Le preguntó al anciano qué había pasado en la aldea, pero el viejo no respondió. Sus ojos, secos ya de lágrimas, parecían ver aún las imágenes de la masacre. Intentó explicarle al anciano que debían irse lejos, que ese no era un lugar seguro para ellos, le dijo que los ejércitos estaban agrupando fuerzas para lo que sería la batalla final de la guerra, pero el anciano no entendía, rogaba seguir con las tropas, rogaba no le dejaran solo, que iría a dónde fueran, decía, que allí no había ya nada para ellos. Tenía miedo.

Pero el Capitán era un buen oficial de montaña, duro e implacable, e ignoró los ruegos del anciano, pasó la vista por su tropa que descansaba y pensó que era hora de levantar el campamento, sacó de su bolsa un mapa viejo y arrugado y revisó su ubicación mientras comía una tortilla dura con las pocas muelas que aún le quedaban.

A lo lejos, el cerro pelado, el humo espeso de la aldea tocando el corazón del cielo y el aura negra de los zopilotes llegados quién sabe de dónde, que se zambullían entre las cenizas como flechas en un pantano.

Juan, contrario a todo sentido de la jerarquía, se acercó al Capitán y llamó su atención. Se sentía quizás en confianza después de tantas batallas juntos. El Capitán levantó la vista y vio aquel hombre pequeño que le hablaba titubeando con el sombrero en la mano. Los demás soldados descansaban tirados por el suelo, el anciano y a las mujeres con sus niños comenzaban a alejarse por el monte. Pero Juan fue firme en sus palabras, tan firme como puede ser un soldado con un Capitán. Le recordó del peligro que existía en esa zona, de las tropas enemigas y de los salteadores de caminos que deambulaban como chacales, de lo frágil que era un grupo de mujeres y niños en la montaña, de la revolución.

Al escuchar las razones del soldado Juan, el Capitán se levantó del suelo, se metió a la boca el último pedazo de tortilla que tragó sin masticar, su estatura era más alta que Juan casi por una cabeza, levantó la vista y vio la delgada columna de humo negro que se alzaba oscureciendo aún más la tarde y escupió. Llamó al Sargento dos veces. El hombre roncaba con el sombrero sobre el rostro y no escuchó la primera. Finalmente, la segunda vez, el Sargento se levantó como picado por una avispa y corriendo se presentó al palo de ciruelo a donde ocurría la conversación entre Juan y el Capitán.

Sus órdenes fueron claras: «asigne dos hombres para que acompañen a esta gente hasta un lugar seguro». Si al Sargento le costó comprender, no era por un afán de cuestionar la autoridad del Capitán, como pudo haber parecido, sino por una preocupación legítima del Sargento de debilitar aún más la columna, que bien claro tenía, pronto ocuparía muchos hombres para morir y matar por la Patria.

Luego de dar las órdenes, el Capitán volvió a sentarse bajo el árbol de ciruelo, se acomodó el cinturón con el revólver para que no le estorbara en la espalda y levantó la vista hacia Juan que aún estaba allí, estrujando su sombrero. Sin mayor protocolo, ascendió a Juan al grado de Cabo y le ordenó que se pusiera al frente de la misión. Juan no sabía que esa iba a ser su última misión, dichoso él que no tenía forma de saber su futuro. El Capitán se cubrió el rostro con su sombrero y se quedó dormido.

Aún no anochecía cuando llegaron al inicio de un bosque oscuro y espinoso. Juan observó el grupo de mujeres y niños que le seguían: una triste y decadente procesión. Una de las mujeres llevaba una bolsa llena de ropa que atesoraba de forma obstinada mientras tiraba de la mano de un púber pasmado que babeaba y balbuceaba palabras sin sentido. En algún momento, el joven quiso orinar y Juan observó como la madre bajaba el pantalón del muchacho sosteniéndole el pene mientras el lelo descargaba. «Un misterio es el amor que se guarda a un hijo idiota», pensó Juan, luego vio el bosque espeso y se sorprendió de reconocerlo aún virgen de la guerra que casi lo destruía todo.

Una nube de mosquitos los atacó —en esa parte del mundo los mosquitos son una pared molesta—. Zumbaban cómo motores pequeños ensartando sus afiladas trompas en la piel de todos. Incluso los soldados, acostumbrados como estaban a la dura vida del frente de batalla, se golpeaban los brazos y el rostro desesperados, espantando la molesta nube.

Entre los soldados que acompañaban a Juan iba Trescuartos. Éste era un indígena nativo de Intibucá. Hombre recio, apodado así por su estatura, campesino de treinta años de edad que había conocido al General Tosta, cuando llegó a inicios de la guerra a reclutar hombres para el ejército revolucionario.

También iba Quincho, el más joven de la columna, con apenas diecinueve años de edad. Tenía dieciséis años cuando se sumó al ejército para escapar de la justicia, luego de asesinar a un hombre en una pelea de gallos. Su plan era desertar en cuanto le fuera posible, pero habían pasado tres años sin lograr hacerlo.

Una joven pasó frente a Quincho siguiendo

la pequeña fila de mujeres. Lupe se llamaba, y conservaba esa belleza etérea que ofrece la vida dura del campo. Ella cargaba en sus brazos a una bebé que con los ojos abiertos miraba las copas de los árboles como quien mira el techo de una cueva.

Quincho le hablo a la joven, de la forma que hablan los soldados a las mujeres en el frente enemigo. La joven respondió bajando la vista para no ver al rostro del soldado que sonreía malicioso. El soldado acomodó su pene en los pantalones derruidos, puso su fusil al hombro y sonrió, viendo como la joven apresuraba su paso para alejarse de él y colocarse en medio del grupo de mujeres. Varias veces durante esas horas intentaría hablarle, todas ellas con el mismo resultado esquivo de la chica.

Caminaron durante horas a paso de hormiga. La oscuridad era total. Pesaba en el aire un aroma a muerte que ponía los pelos de punta. Juan, que caminaba enfrente del grupo junto al anciano, que a esas alturas ya sabía se llamaba Virgilio, miraba las ramas de los árboles que apenas dejaban ver el cielo sin estrellas.

Una de las mujeres reclamó que los niños necesitaban descansar. Reclamo acertado, pues incluso en el campo los niños resisten menos distancias que los adultos. Así, se dispuso a armar allí el campamento.

Hasta ese momento nadie, con excepción del viejo Virgilio, sabía el rumbo que llevaban, pero cuando este explicó al grupo que se dirigían a lo que llamaban La Finca del Llanto, un aire de pánico recorrió los rostros de las mujeres.

Los soldados, que en sus vidas habían escuchado del lugar, como no habían escuchado de la aldea Jerusalén, o de aquel bosque oscuro, o de aquellos aldeanos salidos de la nada, no comprendían el horror que el anciano provocaba en las mujeres al mencionar La Finca del Llanto. Preguntaron y cuándo les dijeron que era un lugar maldito, que era la casa del diablo, que cosas horribles habían pasado allí antes, no supieron sino despreciar el miedo como supersticiones de gente simple.

Arriba, el viento sopló sobre las copas de los árboles y pasó sin tocar el interior del bosque. A lo mejor el viento no quería entrar en aquel rincón macabro, ocupado como estaba barriendo el olor a pólvora que al otro lado del cerro comenzaba a acumular la última batalla de la guerra civil.

Juan sintió un sudor frío que le corría la espalda. «Aquí los únicos demonios somos nosotros, los hombres de esta guerra» —pensó y mandó a todos a callar para descansar y reponer fuerzas. Al día siguiente debían volver con las tropas.

La noche transcurrió implacable entre las sombras, como los ríos que viajan al mar; o los años a la muerte. Lola tomó su bolso de ropa y lo puso de almohada, acostó junto a ella al joven retrasado que se durmió como un bebé. Alrededor de la medianoche, el grito de doña Chona despertó a todos con el corazón en la garganta. En la oscuridad, vieron los ojos rojos de un animal que gruñía. Las mujeres estaban seguras que era el diablo. Trescuartos, tomó el fusil y sin pensarlo dos veces disparó apuntando entre los ojos brillantes del animal que escapó chillando, perdiéndose en la oscuridad.

En ese instante, activado por el disparo, el joven idiota comenzó a gritar palabras incomprensibles, mientras tapaba sus oídos con las manos y su madre buscaba calmarlo susurrándole que todo estaba bien, que ya se había ido el diablo.

Los soldados, de pie alrededor del grupo de mujeres, observaban estáticos al nudo humano que apenas se distinguía en la tiniebla. Quincho, desesperado, se acercó a ellos intentando callar al cipote, pero el joven no se silenciaba. Intentó nuevamente, advirtiéndole que las tropas enemigas andaban cerca. Pero el joven no se callaba. Desesperado, Quincho se acercó a ellos y trató de tomarlo del brazo, el niño aumentó sus gritos. Ordenó, esta vez con más fuerza, dándole un certero golpe en la cara del muchacho, que se calló de inmediato dejando lamentos ahogados.

«Así está mejor» —pensó Juan.

Quincho, complacido de haber silenciado al retrasado, se acomodó los pantalones, como a esta altura lo hemos visto hacer regularmente y volvió a acostarse junto a la fogata ya extinta.

Por la mañana despertaron con los primeros rayos del sol, si acaso entró algo de sol entre las ramas tupidas del bosque, si acaso lograron dormir, porque pasaron en vela escuchando los ruidos, más que descansando.

Al incorporarse Trescuartos, vio el rastro claro e inconfundible de sangre que dejó el animal y se sintió feliz, una vez más demostraba que su puntería era infalible. Pidió permiso para ir en busca del animal, pero le fue negado. No había tiempo para eso, era urgente llevar a la gente hasta la finca y luego volver con el pelotón. No muy satisfecho, Trescuartos aceptó la negativa y comenzó a avanzar junto al grupo, pero antes buscó algún punto de referencia que le permitiera encontrar, al regreso, el rastro de su presa.

Como todos los bosques, al final del bosque oscuro había un río. Al final de todo bosque existe siempre un río. Llegaron a él y vieron que sus aguas empujaban una corriente violenta, las piedras golpeaban como castañuelas en manos de gitana. Juan miró al grupo de mujeres y sus niños, y supo que sería difícil cruzar.

Sin embargo lograron cruzar, fue mucho el esfuerzo de todos, el río implacable parecía dispuesto a hacerlos caer en las aguas. Cuando Lola cruzaba el río, llevaba su bolsa con ropa que salvó de la quema. La bolsa cayó al río y ella intentó, inútilmente, rescatarla. Los soldados le dijeron que era más valiosa su vida, pero ella no estaba segura de eso.

Lupe y su bebé quedaron hasta el final. La chica tenía miedo de cruzar el río. Juan, ignorando sus súplicas, la obligó a entrar en las aguas. Lupe temblaba y se aferraba a su pequeño, avanzaba insegura entre las piedras que el agua golpeaba con fuerza. Dio dos pasos y cayó. Por suerte se aferró a una piedra. Lupe se esforzaba para levantarse sin soltar al bebé que lloraba con todos sus pulmones.

Sin dudarlo, Juan avanzó hasta dónde estaba Lupe que permanecía sumergida en el agua.

«Venga le ayudo» —le dijo, tomándola por la cintura. Y la joven se agarró al pecho del soldado con una mano, mientras con la otra sostenía al bebé que lloraba. Comenzaron a avanzar, despacio, peleando cada paso con la corriente perpetua, hasta que llegaron a la otra orilla.

Las mujeres dieron gracias al cielo porque el soldado sacó a Lupe del río. Juan, agotado, contempló orgulloso su hazaña.

Nadie sabía por cuánto tiempo había estado abandonada la finca, en algún momento próspera, a juzgar por el amplio pórtico de la casona, ahora en ruinas. En donde antes hubo huerto, era ya pasto seco y maleza, y el abrevadero de las bestias estaba lleno de un lodo verde con olor a podredumbre. Algunos decían que el General Guardiola la regaló a José María Medina durante su malograda presidencia, y que después éste le pagó mandándolo a matar. Otros aseguraban que Medinón la usó como cuartel general en la guerra contra Cinchonero y por eso los disparos en las paredes del adobe centenario.

Juan vio las paredes de la casa cruzadas por pequeños huecos de bala, de donde el pasto brotaba como archipiélago vertical en un mar seco. Entró, empujando la puerta que cayó por completo. El techo de teja estaba regado por el suelo de las habitaciones, varios muebles de madera podridos en las esquinas y los arbustos de espinas crecían en la sala. Había en una pared un viejo letrero pintado con lo que parecía ser sangre seca y decía: «LA ESPERANZA SE QUEDÓ AFUERA».

Juan sacó su machete y cortó algunos de los arbustos en el suelo. Invitó a los aldeanos a pasar, pero nadie entró. El anciano permaneció en el umbral de la puerta, solemne y parco. «Este lugar está maldito» —dijo y concluyó que si tenían que refugiarse en esa finca, preferían quedarse afuera.

A Juan le costaba entender las supersticiones de la gente simple, pero no insistió, él también sentía la extraña energía en aquel lugar. Miró las paredes sucias y distinguió a un extremo la pintura de un hombre vestido de general. Se acercó curioso a contemplar los detalles del viejo retrato donde un hombre tenía una cinta cruzada por el pecho, su mano derecha apoyada sobre el mango de un sable y la izquierda sobre lo que podría ser una mesa de madera; el pecho estaba cubierto de medallas de cruces y flores de distintos tamaños; usaba dos hombreras, que Juan adivinó habrían sido doradas; su rostro era serio, como de quien teme a su propio poder, los ojos viendo hacia algún punto en la derecha y su boca cubierta por un fino bigote y una barbilla que caía por el mentón. En la esquina derecha se leía la firma: SMIT, 1869. En el marco del cuadro habían varios agujeros y según se podía adivinar eran de pequeñas piedras preciosas ahora ausentes.

Después de apoyar en armar el campamento de los aldeanos en el patio de la casa, Trescuartos pidió permiso para ir en busca del animal herido en la víspera. Juan vio a las mujeres y sus niños sentados a pocos metros de la entrada y lamentó que no fueran capaces de buscar ni una sombra. Ordenó revisar el lugar y preparar un fuego para la cocina; pero nadie quería entrar en la casa. Finalmente, Lupe, que por ser la más joven era la menos cautelosa, decidió ir. Se puso de pie, dejando a su hijo al cuidado de doña Chona; y Quincho, que había permanecido al margen de todo, sin quitar nunca la mirada de la joven, vio que Lupe atravesaba el umbral de la puerta y sonrió, como sonríe un demonio cuando gana un alma. Cuidó que nadie lo notara al escabullirse tras de Lupe.

La joven entró con miedo a la casa, le parecía que las paredes se movían y el arrastrar de sus pasos rebotaba por las tejas regadas como cadáveres anaranjados sobre el suelo. Avanzó hasta la puerta del fondo buscando la cocina y tuvo que ahogar un grito cuando vio una lagartija del tamaño de su mano que se ocultaba detrás de unos palos viejos. Pasó el cuadro del General y evitó verlo de frente. Llegó hasta la puerta y la empujó intentando abrirla. Pero no pudo. Empujó y haló con fuerza, usando ambas manos, pero la puerta no se abría.

«Sos bien bonita vos» —dijo Quincho a unos pasos de Lupe que saltó al escuchar al hombre. Giró y vio sus ojos endemoniados frente a ella. «Hace meses que no pruebo mujer» —continuó el soldado, avanzando sigiloso, como una pantera.

Quincho puso su fusil a un lado —ese fue quizás su error— y comenzó a desatarse el nudo de la cuerda que ataba sus pantalones de manta.

La mujer vio las paredes, como un conejo que busca un agujero por donde escapar del predador y comprendió que estaba atrapada. Giró desesperada, e intentó abrir la puerta que apenas se movió unos centímetros.

Quincho la tomó del codo y la arrojó al suelo, hambriento de mujer. «Sé buena conmigo mamita...» —le dijo cuándo le tapó con su mano la cara para evitar que gritara.

Su boca odiosa babeaba extasiado, como un lobo ante un pedazo de carne, pero fue sorprendido por el disparo seco que pasó a unos centímetros de él.

«¡Dejá a la cipota en paz mal nacido!» —Gritó doña Chona que sostenía en sus manos el fusil de Quincho.

El soldado se sentó en el suelo viendo con horror el cañón del arma. Y Lupe se colocó a salvo detrás de la vieja. Juan, que desde el patio reaccionó ante el disparo, entró corriendo a la casa. Llegó hasta donde estaban Quincho y las mujeres y apenas unos segundos tardó en comprender lo que estaba pasando. Apuntó con su fusil a la señora y le ordenó que soltara el arma —después de todo, Quincho era su compañero de filas— pero la mujer se negó. Ella no confiaba en los soldados. Juan intentó convencerla de que era mejor bajar el arma, pero la vieja respondió con otro disparo que pasó a pocos centímetros de Quincho, cuando éste quizo sorprenderla para quitarle el fusil.

Juan miró a la mujer que no dejaba de

apuntarle. La joven detrás de la vieja. El soldado tirado en el suelo insultado a las mujeres. El anciano Virgilio y doña Lola con los demás cipotes que miraban desde la puerta. Despacio, Juan levantó su fusil con una mano, alzando la otra a la altura de su cabeza y la bajó, rindiéndose ante aquella mujer persistente y enfurecida que al verse ganadora, ordenó a Lupe correr y agarrar el arma, para luego hacerlos abrir la puerta y encerrarlos.

Un chillido ácido desde las bisagras oxidadas soltó la puerta al abrirse y un golpe seco al cerrarse.

Trescuartos era un cazador con experiencia. Aprendió el arte de su padre y éste del suyo extendiendo la cadena al inicio de los tiempos, cuando los hombres hacían de la caza un estilo de vida y él sabía, al encontrar el rastro de sangre sobre las hojas muertas del bosque, que la presa no se le iba a escapar. Sintió la textura cristalizada de la sangre seca entre la yema de sus dedos, y abrió los sentidos frente a una línea marrón que por ratos se volvía fina pero persistente. Iba a ser fácil, lo sabía, a juzgar por la cantidad de sangre vertida. Seguramente la bestia estaría cerca, mal herida, esperando la muerte que él llevaba en el filo de su cuchilla.

Mientras avanzaba despacio sobre las ramas muertas, el indio recordó la primera vez que fue de caza con su padre. Fue una noche fría en las montañas de occidente, él era apenas un niño, la oscuridad de la madrugada era completa.

«Hay que callar». —Le dijo su padre y él

obedeció sumando su silencio al del bosque que parecía muerto.

Luego de varias horas, el niño tenía las manos entumecidas por el frío. El padre, a su lado, tenía los ojos puestos en la cortina oscura de la noche. La luna nueva dibujaba una línea en el cielo y el golfo de las sombras de los árboles dominaban esa parte del mundo. Cuando lo vio llegar: era un venado macho, grande como un caballo pequeño, que avanzaba despacio alzando soberbio la nariz al cielo.

El padre sacó una flecha del carcaj y alzó su arco tensando la cuerda. Él hizo lo mismo, apuntando a la sombra que se movía despacio, rumbo al río. Nunca antes se sintió tan solo. Nunca después se sentiría tan vivo. Era él y su respiración que parecía retumbar por la bóveda de los árboles. Percibió el olor del animal que se mezclaba con el suyo golpeándole la nariz y a pesar del frío, una gota de sudor corrió despacio por su frente cayendo en su rodilla.

Tensó la cuerda tanto como pudo, viendo al venado moverse, mientras su corazón brincaba en el pecho. El padre disparó primero, la flecha zumbó sobre la espalda del animal ensartándose en un árbol. El venado alzó la cabeza y vio en dirección de Trescuartos. El niño sintió su mirada, los ojos abiertos que parecía brillar, y antes que pudiera saltar en busca de un lugar seguro, disparó su flecha partiendo la noche en línea recta hacia el cuello del animal...

El rastro parecía detenerse en ese punto. Un charco aún fresco de sangre humedecía las hojas. Trescuartos buscó con la mirada al herido animal, seguro de que estaba muy cerca, cuando escuchó el primer grito de hombre.

Su instinto fue agacharse, acerrojar su fusil —después de todo estaban en guerra y lo más seguro era encontrarse con las fuerzas oficiales en esas montañas—. Avanzó despacio. Conforme se acercaba pudo distinguir voces y risas de hombres, luego otro grito.

Eran cinco hombres pobremente vestidos, podían ser soldados, a lo mejor bandoleros o salteadores. Cuatro de ellos estaban de pie y reían obscenamente, el quinto, de rodillas, estaba atado de manos y suplicaba.

Trescuartos se acercó a ellos para mejor escuchar lo que decían. Sigiloso, se escondió y comprendió que los cuatro hombres golpeaban al quinto, porque ese había perdido algo que lo demás querían. El jefe del grupo dio la orden y uno de sus hombres levantó en la mano una varilla, pegó un golpe en la espalda del prisionero que cayó retorciéndose de dolor. Volvió a preguntar, con la parsimonia que guarda el verdugo en el patíbulo y el prisionero, casi llorando, hecho un nudo sobre el suelo, repitió que no sabía. Otro de los hombres se abalanzó contra él y le dio una patada en el estómago.

Trescuartos comprendió que nada tenía que ver él en la pelea y decidió retirarse sin hacer ruido. Por un momento pensó en disparar y liberar al prisionero, pero su viejo rifle de una denotación lo ponía en desventaja. Retrocedió despacio, con la atención puesta en los hombres, cuando sintió que algo ladraba con furia y le mordía la pierna. Viró patidifuso, vio al suelo y encontró a la presa que había estado buscando. Era un perro de monte, flaco y gris, que gruñía furioso desde el umbral de la muerte sobre un charco de su propia sangre; sus dientes blancos y afilados intentaban alcanzarlo, pero sus fuerzas eran ya limitadas.

Al descubrirlo, los delincuentes comenzaron a correr tras él. Trescuartos vio por última vez al perro agonizando y comenzó su repliegue rumbo al río.

Le costó cruzar, la corriente era fuerte y la prisa mucha. Cuando iba por la mitad del río los hombres le dispararon, uno de los disparos pegó en la pierna del indio que no se detuvo. Los demás disparos pegaron en las piedras y rebotaron, se perdieron con el eco y el crujir de las aguas.

Cuando llegó a la otra orilla, Trescuartos se escondió en la rivera vigilando los movimientos de los hombres que discutían si cruzar o no. Aún no le dolía la pierna, pero pronto la adrenalina bajaría de su cuerpo.

«En cuanto estén a mi alcance les disparé —pensó Trescuartos—, a esta distancia es imposible fallar».

El jefe de los bandoleros, que llegaba en ese momento con el prisionero a rastras, vio el río como buscando un cruce, buscó algo que le indicara qué había al otro lado, revisó a la distancia la textura de las aguas y los posos que se formaban a la orilla del río, vio las piedras lisas y encontró una bolsa de ropa medio sumergida que arrastraba las aguas, sacó su revólver del cinturón y sin decir más le disparó en la frente al prisionero.

Trescuarto vio todo desde el otro lado del río.

El jefe vio cuando Trescuartos salió de su escondite y cojeando se fue en dirección de la finca.

La habitación era oscura, sin ventanas, cargada del olor seco del encierro. El techo, que a diferencia del resto de la casa estaba en su lugar, filtraba líneas de sol que caían en pequeños círculos claros sobre el suelo polvoso. Juan revisó la puerta con la palma de las manos, buscando una forma de abrirla, pero la puerta era sólida. Buscó, con los límites que la ausencia de luz otorgaba a la mirada, una herramienta que le permitiera salir del cautiverio.

Era inútil forzar la puerta. Los aldeanos no confiaban en los soldados y por más que Quincho los llamaba no los dejarían salir. Si una salida había, era el techo, que a pesar de los muchos años de abandono parecía fuerte.

Quincho, junto a la puerta, sentía a Juan circular por la habitación. Le reprochaba haber querido ayudar a los aldeanos, le dijo que la gente nunca era agradecida y siempre muerden la mano del que les da de comer. Juan, por su parte, estaba seguro que el problema era Quincho.

Juan siguió con la mirada un rayo de luz que caía del derruido techo: pequeñas partículas de polvo se abrían en el extremo inferior suavizando las líneas de lo que, por un momento, Juan pensó era una piedra. Se acercó y con el pie tocó el bulto que giró desvelando una dentadura opaca en la penumbra. Se agachó y tomó lo que comprendió era un cráneo humano.

Quincho se acercó hasta llegar a donde estaba Juan, abriéndose paso en la penumbra con la punta de los pies. Siguiendo sus indicaciones, buscó el resto del esqueleto, pero en su lugar encontró más cráneos, muchos.

«¿Qué es este lugar?» —Preguntó Quincho, paseando su mirada por las sombras de la habitación.

«Nada bueno —dijo Juan— nada bueno».

Trescuartos llegó sangrando a la finca. Esperaba encontrar a sus compañeros y advertirles de la banda que le persiguió desde el bosque, pero se encontró con un grupo de mujeres que le apuntaban con fusiles. El indio vio el fusil en manos de la doña, las otras mujeres observaban desde lejos, los niños refugiados tras las faldas amplias de sus madres. El anciano se acercó a Trescuartos y tomó su fusil, el indio lo entregó sin reclamo.

«¡Camine!» —Ordenó luego Doña Chona, llevando al indio hasta la puerta de la habitación que funcionaba como prisión para los soldados. Ordenó a Trescuartos que la abriera y sin escuchar sus reclamos cerró la puerta tras de sí.

Al entrar en la habitación, lo primero que Trescuartos pudo distinguir fue a sus compañeros parados, uno sobre el otro, tratando de llegar hasta las vigas del techo. Al sentirlo entrar, Juan saltó de los hombros de Quincho y se acercó a recibirlo. Por un momento creyó que iban a sacarlos, pero rápidamente se dio cuenta de su error, al sentir que la pesada puerta se cerraba.

A Trescuartos no le costó mucho comprender lo que había pasado, él sabía que los hombres son débiles a los impulsos de la carne y los soldados aún más, pues la muerte y el sexo se liberan cuando el horror los cubre; y si hubiera estado menos preocupado por salir, quizá habría golpeado a Quincho, que tenía varios días de venirlo observando y ganas no le faltaban.

Luego de contarles sobre los hombres del bosque y su retirada, Trescuartos se colocó de espaldas a la pared con las rodillas dobladas, preparándose para que los demás subieran sobre él. No dijo nada sobre su pierna. Nadie vio la cara de dolor que puso cuando, primero Quincho y después Juan, se pararon en su pierna herida para subir al techo.

Juan subió con esfuerzo. Era el último de los tres, el que tocaba el techo. Se agarró de la viga y con los puños golpeó las tejas que cedieron sin problemas, abriendo un bocado, dejando entrar la luz a la habitación. Miró hacia abajo y distinguió las calaveras que había sentido en la víspera. Eran muchas, decenas, quizá cientos, apiladas en un extremo de la habitación. Con los puños siguió golpeando las tejas hasta que logró salir. Arriba, sobre el techo de la casona, vio la montaña verde que ocultaba los últimos rayos del ocaso.

No le costó mucho a Juan avanzar sobre las tejas frágiles del techo hasta caer al centro del salón de la casona. Lo primero que hizo fue abrir la puerta del cuarto y liberar a sus compañeros. El día estaba llegando a su fin y las sombras se extendían largas sobre el suelo.

«¡Tomemos nuestros fusiles y nos vamos de aquí!» —Dijo Juan a sus compañeros, suplicándoles que no lastimaran a la gente de la aldea.

Cómo tamagases los soldados se deslizaron por la sala hasta llegar al patio de la finca. Afuera el fuego de la hoguera recién encendida iluminaba con un resplandor amarillo. Lola calmaba a su hijo idiota arrullándolo en sus brazos. Chona y Lupe conversaban sobre qué hacer con los prisioneros mientras el viejo colocaba madera sobre el fuego.

Juan indicó a Quincho que tomara por sorpresa el arma que tenía Lola, mientras él se acercaba a Chona para desarmarla. «Nada malo debe pasar» —pensó. Pero los soldados en una guerra son maquinas de la muerte y poco comprenden de tácticas sin bajas. Quincho tomó el fusil de Lola antes de que ésta pudiera reaccionar y sin dudarlo disparó al pecho de la mujer.

Chona, al ver lo que estaba pasando, tomó su fusil y disparó a Quincho, al tiempo que éste también hacía un disparo que pegó a Lupe en la cabeza.

Trescuartos gritó, intentando calmar los disparos, pero Chona le disparó en el cuello.

El hijo de Lola comenzó a gritar desesperado mientras Juan, finalmente, reaccionó tomando el fusil de Chona que tenía los ojos abiertos por el horror.

El anciano Virgilio corrió tan rápido como pudo, buscando tomar el fusil que aún estaba en el cuerpo de Quincho y Juan le disparó por la espalda. Luego miró a Chona que temblaba.

«¡Sólo queríamos ayudar!» —le dijo, y disparó sobre el pecho de la vieja.

El hijo idiota de Lola gritaba. Los demás niños lloraban con miedo viendo los cuerpos muertos de sus madres. Juan sentía los gritos del niño que le explotaba en la cabeza, corrió hasta él y le ordenó que se callara.

«¡Callate ya!» —le gritó.

Pero el idiota seguía gritando, como han de gritar las almas en el infierno. Juan tomó su fusil y le disparó en la cabeza, logrando la paz que necesitaba para pensar. Vio a los niños que lloraban, intentando levantar los cuerpos muertos de sus madres, vio los cuerpos de sus compañeros, hasta ese momento pudo reconocer la herida en la pierna de Trescuartos, y vio al anciano Virgilio que yacía con la cara enterrada en el abrevadero y el culo levantado. Vio al niño idiota sobre su madre y a Lupe con los ojos abiertos que parecía mirarlo desde el otro mundo.

«¡Sólo queríamos ayudar!» —repitió.

Tomó su fusil, lo colocó al interior de su boca y pensó en los ojos claros de Lucia —que en ese momento paría su último hijo, el pequeño Víctor que jamás conocería a su padre— y disparó, silenciando, de una vez por todas, el llanto de aquellos niños que tanto le dolían.

[Mayo de 2014]

LA CIUDAD QUE NOS COME POR DENTRO

A Isaac Escobar,
que murió muy joven.

¡Saludos le mandó mi mami! —me dijo Isaac la última vez que lo vi, cuando ambos hacíamos parada en el semáforo de la primera avenida.

Habían pasado diez años desde que conocí aquel niño curioso, el orgullo de su madre, en aquella colonia pedregosa con nombre de pantano que aún guarda la fragilidad de un suspiro.

Su madre, Sara, es quizá la mujer más fuerte del universo. Una mezcla de partera, curandera, masajista, activista ambiental, vendedora de confites en una chiclera frente al colegio de los curas y madre soltera de tres hijos. Le enseñó a Isaac, comiendo hojas silvestres y batallando con la policía en los desalojos de su colonia, a sobrevivir en este monstruo gelatinoso que es Comayagüela y eso es quizá, lo mejor que puede enseñarnos un padre o una madre.

—No quiero que andés de pendejo tirándotelas de valiente —le decía—, si ves que se suben al bus a asaltar, tené listas tus cosas para darlas, que nada de lo que tenemos vale mas que tu vida.

Isaac asentía con la cabeza y le daba un abrazo.

—No se preocupe Mami, que nada me va a pasar —le contestaba calmándola.

Una vez la policía cerró la calle del billar en la colonia de Isaac, a cien metros de su casa. Se bajaron de la patrulla con pasamontañas y sacaron a los cinco jóvenes que estaban adentro, hablaron con ellos, quién sabe qué preguntas hicieron, les ordenaron un registro y no encontraron más que unos porros de mariguana.

—¿Qué putas están viendo? —preguntaron los policías a la gente que pasaba y todos los ojos vecinos desaparecieron.

—¿Qué putas están oyendo? —volvieron a preguntar como ángeles del demonio y no hubo oídos para escuchar la ráfaga de disparos que mató a los cinco jóvenes.

—Yo me salvé de milagro porque hacía poco tiempo había pasado por allí —me contó Isaac—, si me hubiera quedado, me matan los chepos.

Su madre, orgullosa de él, que era su esperanza en la vida, le recordaba lo peligroso de salir de casa a cualquier hora.

—No quiero que te maten —le decía—, no sé que haría si algo te pasara.

Isaac sabía moverse entre la mierda sin salir pringado.

A los doce años terminó la primaria y quiso internarse en un colegio a ochenta kilómetros al norte de Comayagüela. Quería ser ingeniero en computación, pero su madre no tenía como pagarle los estudios. Se matriculó en un colegio vocacional propiedad de los jesuitas, con una rígida formación moral/religiosa y aguantó dos años entre talleres de carpintería y rezos del rosario; luego volvió a la casa en un bus amarillo para ayudar a su madre a buscar la comida para mantener a sus hermanas.

—Si yo no trabajo mis hermanas no tienen comida —decía a sus quince años.

Era el hombre de la casa. El que todo lo podía, el que nunca dijo «NO», cuando de construir algo se trataba. Con esfuerzo terminó la secundaria. —Que fácil es decirlo sin saber nunca lo que realmente significa—. Entró a la universidad en un momento que aún era posible para los más pobres de los pobres. Se ubicó como conserje en una farmacia y en moto rompía el tráfico del Trébol, El Prado, La Bolsa, La Granja llegando al mercado por la cuarta avenida hasta terminar en los puentes sobre el río Choluteca.

Tenía una novia, Rebeca, con quien comenzaba a hacer su vida en una pequeña cuartería a dos cuadras de la casita que con sus propias manos construyó para su madre. Era orgulloso y humilde. En las manos de Isaac cabía un mundo pequeñito.

Le gustaba su vida, la pobreza tiene algo de bello que él sabía reconocer.

—Lo único que no me gusta de acá, es que nunca hay agua —decía cuando llenaba los barriles con agua sucia, que compraba de los camiones cisterna, que venden el líquido a un exagerado precio en los barrios pobres.

Una tarde llegó temprano al cuarto que comenzaba a compartir con su mujer. Llevaba las encías sangrantes. Le dolía todo, los huesos parecían partírsele por el cuerpo. Tenía fiebre, dolor de cabeza, nauseas y dolor abdominal.

El ministro de salud había advertido a la prensa de una posible epidemia de dengue y llenó la ciudad con imágenes —de sí mismo— dando instrucciones de cómo lavar pilas, piscinas, toneles, cubetas y todos los demás lugares en donde la gente pobre almacena el agua que no tiene.

—Para nosotros no hay problemas con el dengue porque no tenemos agua —decía Isaac sonriendo.

Cuando llegó a su casa ese día, no avisó a su madre y se fue a dormir.

«Con algo de descanso seguro me sentiré mejor en poco tiempo» —pensó.

Rebeca tampoco se alarmó por la fiebre de su marido, pues las cosas suceden como Dios dispone.

Por la noche vio que Isaac no despertaba, preocupada pidió dinero prestado, llamó un taxi y lo llevó al Hospital Escuela.

Comayagüela tiene muchas salidas. Uno puede tomar el bus a otra ciudad y verla desaparecer, poco a poco, hasta que se pierde por las ventanas entre cerros pelados y suspiros, o tomar un avión a otro país y sentir que se surge de una ciudad que sólo existe en historias de terror; uno puede también sumergirse entre los oscuros estancos de alcohol o ver al cielo, esperando que algo pase y te saque de esa vida miserable. Pero de todas las salidas, el Hospital Escuela es quizás la peor de todas. Allí están los inservibles, los menesterosos dueños de su cáncer, hombres y mujeres, cuerpos sin rostro que sólo sirven para llenar estadísticas, rostros sin dientes cuyo olor se mezcla con el aroma nauseabundo de la muerte.

Adentro del Hospital Escuela los pasillos son largos y laberínticos, de azulejos claros en las paredes y flechas que van a todas partes. Las salas oscuras y silenciosas, separadas por sexo; las almas alzan la cabeza para ver quién llega —siempre esperando a alguien— y envidian a los que salen, porque tendrán la oportunidad de morir en otra parte.

—No puede irse hasta que un familiar suyo done sangre para el hospital —dicen las sombras en la puerta a las personas que han logrado burlar la muerte.

En el Hospital Escuela la atención se paga con sangre.

—No puede llevárselo hasta que pague el precio de la atención que (no) le dimos —dicen a los familiares que aprietan entre sus brazos el cadáver frío y querido.

De vez en cuando, jóvenes bellos, vestidos de blanco y olorosos a poder, atraviesan las paredes y extienden sus manos para tocar con la punta de sus dedos luminosos a los infortunados que sonríen con los ojos llorosos ante el milagro de ser salvados. Son los ángeles que los acompañan al inframundo, que ríen llenos de vida porque comprenden su labor no es curar, sino burlar la muerte.

—Sáquele estos exámenes y vuelva mañana por la mañana —dijo el joven médico luego de ver a Isaac.

El doctor escribió una receta con su mal lograda caligrafía, extendió el papel a Rebeca y pidió por el siguiente, como quien pide una ronda en un bar.

—¡Siguiente! —dijo sin levantar la vista.

—¿No me va a dar una pastilla o algo doctor? —preguntó Rebeca.

—Allí tiene algo para el dolor, dele líquido y que descanse.

Isaac apenas pudo levantarse. Con dificultad salió del hospital apoyado en los hombros de su mujer.

En el camino vio a un hombre acostado en una camilla, tenía el rostro desecho, la piel le caía como concha de mínimos y su camisa servía como pañuelo para contener la sangre.

—¿No le dolerá? —pensó Isaac.

Afuera la noche fresca de febrero, el tráfico que indiferente comenzaba a disolverse y un ligero olor a flores le llegó quién sabe de dónde.

—Huele rico —dijo antes de subir al taxi.

—¿Querés un poco de jugo? —preguntó su mujer.

—No, dame agua mejor —pidió Isaac.

Sintió que se dormía, recordó una vez, hace ocho años un día también de febrero, cuando hizo barriletes con sus amigos y los fue a volar a la orilla de la represa, la misma represa que en verano se seca y los cipotes aprovechan para recoger pescados inmóviles en el lodo. Isaac vio al cielo azul, las nubes blancas a lo lejos con formas de elefante que casi podía tocar con su papalote.

—¡Vengan a ver esto! —gritó uno de sus amigos en la represa.

Isaac bajó su cometa enrollando el hilo negro que robó a su madre, tomó el juguete en sus manos y bajó al barranco en dirección de la voz de sus amigos que gritaban cada vez con más urgencia.

—¿Están muertos? —preguntó al llegar.

—Bien muertos —dijo alguien mientras tocaba con un palo las manos atadas del cadáver de uno de los dos jóvenes, casi niños, que nadie supo nunca su nombre, ni su origen.

—Parece que los tiraron desde allá arriba —dijo uno de los amigos de Isaac, señalando con las manos el risco donde jugaban.

—¿Qué hacemos?

—Vámonos de acá mejor —dijeron y comenzaron a correr la pendiente huyendo de los muertos.

Cuando finalmente llegaron a la cima, Isaac se detuvo y vio al fondo del barranco. Allí seguían los dos jóvenes, con las manos atadas a la espalda y el rostro enterrado en el lodo de la represa. Arriba, la nube del elefante se había deshecho.

—Me dijo que la llamara —dijo Rebeca a Sara cuando esta llegó alarmada a ver el estado de salud de su hijo.

—¿Y por qué no me avisaron antes? —preguntó la madre.

—Porque no pensamos que fuera tan grave —dijo la mujer de Isaac.

Sara revisó la temperatura de su hijo, le habló, como sólo las madres saben hablar e Isaac abrió los ojos para verla.

—¿Dónde está la nube? —preguntó.

—¿Cuál nube mi amor? —dijo Sara llorando.

—La que vi en la represa.

—Allí debe estar todavía, después si quieres te ayudo a buscarla.

—Tengo sed.

—Rápido cipotas, traigan agua para Isaac —dijo Sara a sus hijas que lloraban aterrorizadas en una esquina del cuarto—. ¿Qué dijo el doctor? —preguntó luego a Rebeca.

—Me dio una lista de exámenes que se debe hacer.

—¿Te dio algún medicamento?

—No.

—Llámense a un taxi cipotas, tengo que llevarlo otra vez a emergencia.

Y entre las cuatro mujeres tomaron a Isaac para sacarlo del lecho y meterlo al taxi que afuera esperaba con el conductor medio borracho.

Sara lloraba y maldecía por no haber sido llamada antes. Ofrecía su vida a Dios si le salvaba a su niño. Pero cuando se llega dos veces al infierno, sólo se sale una.

Isaac murió de hemorragia cerebral antes de llegar al hospital y lo último que recordó fue la tarde que recogió pescados en la represa.

—¡Mire mami lo que traje! —Dijo Isaac a su madre, cuando en sus manos llevaba una bolsa repleta de pescados de varios tamaños.

—¿Y eso de dónde los conseguiste vos? —Preguntó Sara.

—En la represa, estaban flotando a la orilla —dijo el niño.

—Andá bota eso afuera, que los peces no mueren de gusto —ordenó su madre.

El niño, sin comprender aún la orden, salió al patio y arrojó los pescados al suelo. Los perros se apilaron para tomar alguno y luego huir.

—¿Y para qué mueren los peces si no mueren por gusto? —preguntó después.

Sara, que echaba tortillas en el comal, le respondió sin siquiera voltear a verlo:

—Porque esta ciudad intenta matarnos.

[Octubre de 2011]

EL JARDÍN DE CLEMENTINA

A Clementina Cáceres
que la mató la pobreza.

Clementina tenía nombre de fruta y conocía su cuerpo tan bien como su espíritu. Tenía alma de poeta y sus versos los escribió sobre las piedras de su patio, que hizo florecer con cientos de plantas medicinales. Clementina era evangelizadora de la salud, andaba de casa en casa hablando con las mujeres de su barrio.

—¿Ha escuchado usted de la citología? —les preguntaba.

Y las acompañaba a las brigadas y al centro de salud para los exámenes anuales.

Ella era de San Ignacio, un pequeño pueblo a tres horas de Tegucigalpa, con hervideros de azufre sobre piedra volcánica, donde los aldeanos llegan a hervir huevos y los ladrones destazan las gallinas ajenas; centro también de explotación de la minera Entre Mares, que dejó como regalo a las generaciones futuras un enorme agujero en la montaña, cercado contra curiosos y activistas.

Un día Clementina acompañó a su vecina al centro de salud para hacerse la citología. La mujer tenía miedo del espéculo y no quería ir sola.

—Los doctores son unos idiotas, la tratan a una como ganado —decía la vecina de Clementina.

—Pero usted es una mujer fuerte y no va a dejar que un idiota le arruine la vida —le animaba Clementina.

Llegando a la clínica, Clementina ofreció hacerse también el examen.

—Para que vea que no es cosa del otro mundo —le dijo.

—¿Usted ha sentido algún flujo o hemorragia distinta? —Preguntó el doctor luego de sacar el cultivo y guardar la muestra para revisión en el laboratorio.

—No doctor.

—¿Olor al menstruar?

—No doctor.

Y el doctor la mandó a recoger los resultados al día siguiente.

Clementina, que se hacía la citología todos los años y sabía la rutina, sintió que esa vez era distinto. El doctor la mandó a hacerse una segunda muestra que advirtió como un mal augurio para ella. Luego fue la biopsia, que le confirmó un cáncer cervical bastante avanzado que se regó tan rápido como la sangre derramada sobre el suelo.

Los doctores la mandaron a radioterapia al Hospital San Felipe, donde había una bomba de Cobalto-60 que fue donada por el gobierno de Japón para reducir la prevalencia de muertes por cáncer en Honduras.

—La Bomba de cobalto está mala —le dijeron a Clementina, sin explicar que la misma fue enterrada meses antes en el crematorio al norte de Tegucigalpa, donde el personal del hospital decidió darle retiro, luego de verse incapaces de reparar el desperfecto en el mecanismo de opstutración y en donde un grupo de niños la encontraría años después, mientras buscaban desperdicios para su casa y sacarían el extraño dispositivo de forma cilíndrica ocasionándose —como en la canción de Rubén Blades— una seria intoxicación radioactiva.

—Pero en el Hospital Emma Romero de Callejas hay una bomba que también puede usar —dijo el doctor.

—Necesitará seis terapias con un costo de dos mil lempiras cada una —dijo una mujer de lentes claros y pelo oscuro que levantó la vista para devolverle a Clementina los exámenes.

Era un día azul con nubes blancas. El sol rebotaba en los espejos de la acera y el tráfico se movía como víbora por entre las piernas de Clementina.

—Doce mil lempiras —pensó camino a casa en un busito lleno de gente cansada.

Ella sabía que no tenía de donde sacar tanto dinero y aún si lo conseguía, sabía no era garantía para curarse del demonio silencioso que se la comía desde adentro.

Volvió a su casa y abrazó a su hija. Se acostó en la hamaca que tenía en el patio y escuchó los ruidos de su barrio.

—Doce mil lempiras —pensó.

En sus cálculos apenas lograba cinco mil

lempiras, con suerte seis mil, que Clementina usaría para pagar lo que pudiera del tratamiento, esperando quizás un milagro. No tenía a quién pedirle dinero. Su marido, un albañil desempleado, poco podía aportarle.

No escuchó cuando en el barrio se corrió la alarma de unos niños que encontraron el cuerpo de dos jóvenes medio enterrado en las aguas de la represa, de esos que los escuadrones de la muerte arrojan en las quebradas y solares baldíos, hijos de nadie, que pasan al olvido como mariposas negras. No escuchó cuándo su marido llegó y se quejó por la falta de comida preparada, ni a su hija que le hablaba desde el otro lado del patio contándole el final de la novela. En el cielo vio una nube con forma de elefante y Clementina lloró antes de quedarse dormida.

A Clementina le gustaba soñar. Los sueños eran para ella la oportunidad de vivir otra vida. En ellos volaba o viajaba a los lugares exóticos que sólo conocía por la televisión; en ellos su suerte era distinta. Hubiera querido que su hija fuera adoptada por la pareja española que llegó a su colonia para ayudar con el trabajo de la iglesia. «Son buenas personas y no tienen hijos», —pensó.

Cuando despertó sentía su brazo dormido, se incorporó con dificultad y entró a la casa. Era ya de noche, su marido miraba el noticiero.

—¿Cómo te sentís? —le preguntó el marido.

—Voy a morir —fue la respuesta implacable de Clementina.

Entre ambos se instaló un silencio incómodo.

Ella conocía a plenitud el significado de las palabras, una a una, letra tras letra y él buscaba darle forma a una tragedia que no comprendía plenamente.

—No digas eso —le dijo antes de volver la vista al noticiero—. ¿Supiste que encontraron dos muertos en la represa? —preguntó sin verla.

Clementina estuvo en la sala unos minutos de pie, vio el techo a pocos centímetros de su cabeza y sintió como el dolor de su abdomen le aumentaba.

—Mañana iré a San Ignacio —dijo apretándose el vientre.

¿Cómo describir el dolor? ¿Cómo hablar de las punzadas en el vientre, que van desde la ingle hasta el pecho abriendo paso como clavos para luego romper desde adentro, como agua hirviendo que coce las entrañas y parte el cuerpo en cientos de fragmentos que se pierden uno del otro en una multitud de almas indiferentes? Clementina se agarraba el abdomen apretando los dientes mientras lloraba, evitando hacer ruido para no despertar a su hija. Su marido roncaba en una pequeña colchoneta a varios metros de ella, preguntando entre ronquidos si todo estaba bien y volviéndose a dormir sin escuchar la respuesta de Clementina, que no se preocupaba por decir algo, porque había comprendido hacía mucho tiempo que su marido la tenía por muerta.

A la mañana siguiente guardó sus cosas y las de su hija en un pequeño saco de harina. Salió despacio de la casa y reconoció por última vez el sol que explotaba sobre las piedras grises de su patio. Su jardín estaba muriendo y a ella ya no le importaba.

«No puedo dejar acá a mi hija», —pensó mientras tomaba un té de zacate limón que le alivió el estómago vacío.

Dudó en subir al pequeño bus de ruta que bajaba del barrio. No habían asientos libres e ir de pie resultaría sumamente doloroso; pero tenía prisa.

—Vamos —le dijo a su hija mientras se concentraba en avanzar por el estrecho pasillo de la unidad con una mano en la barriga.

En el interior del bus un joven estudiante de secundaria la miraba con curiosidad.

—¿Está bien señora? —le preguntó el joven.

Clementina no respondió, se tomaba el vientre apretando los dientes por el dolor.

—Venga, siéntese —le dijo el joven, cediéndole el asiento.

Así llegó hasta el mercado zonal Belén, entre frutas, buses, burdeles y barrios marginados. Apenas había hablado con su hija pero sabía la niña necesitaba algo para comer y le compró una manzana, que en el trópico se aprecia con el placer que traen las cosas sencillas. Luego se sentó en la acera a esperar el bus a San Ignacio y vio a su hija, cómo se ve al amor de la vida. La imaginó grande, una mujer con un futuro por delante, con novio, con suerte y un marido mejor al que ella tenía, con hijos e hijas que a su vez crecerían y la harían abuela y ella, Clementina, la bisabuela de la que no queda más que una triste fotografía en una hamaca, no será sino un antepasado lejano del que nadie recordará su dolor.

—Contame el final de la novela —pidió a su hija.

—Pero ya se lo conté mamá —le dijo la niña.

—Contámela otra vez, que me gusta escucharla —dijo cerrando los ojos.

Y la niña procedió a contar la historia inverosímil de la mala muriendo en un accidente y la buena casándose de blanco, en una pradera verde llena de la luz dorada del atardecer.

Cuando llegó el bus amarillo, era cerca de la una de la tarde, se había atrasado más de dos horas por una mujer que había muerto adentro de la unidad y el calor potenciaba el mal humor de los viajeros que esperaban bajo el sol con sus bultos y maletas.

—Vamos —dijo la niña.

Y Clementina se sumó a la cola que rápidamente se deshizo, dando lugar a un tumulto de personas que intentaban ingresar al viejo bus reciclado de un transporte escolar del sur de los Estados Unidos.

Mucho había cambiado el pueblo en sus años de ausencia. Los caminos de tierra cubiertos con verdes bosques de pino estaban ahora cubiertos de parches oscuros que se multiplicaban como melanoma a medida bajaban de las montañas los vehículos cargados con metros cúbicos de madera. Las carreteras, antes intransitables, eran ahora medianamente soportables, gracias al aporte que la mina había hecho, mejorando las vías para sacar con mayor facilidad los camiones llenos del mineral que extraían de las entrañas de cerro.

«La minería es el futuro de Honduras». Decía

un rótulo grande con imágenes de rostros infantiles al final del camino asfaltado.

Clementina se agarraba el vientre llorando en silencio. A cada golpe del bus sentía el dolor subir, desde el bache del camino, por la tracción del vehículo, al asiento bajo su cuerpo, entrando con la fuerza de la gravedad que la torturaba implacable, durante las cuatro horas más largas de su vida, que se extinguía como una vela bajo el altar de la virgen.

Cuando entró a casa de su familia sintió el silencio en las paredes. El reino del miedo y la tradición impera adentro de las oscuras casas de habitaciones sin ventanas y techos bajos.

La luz dorada de la tarde pintaba el mantel plástico con flores en la mesa de la cocina. De pie junto a la estufa, su madre, la miraba conteniendo el llanto y su padre, sentado en la silla de hule elástico, sostenía el sombrero en sus manos.

—Pensamos que nunca ibas a volver —le dijo su padre.

—Vengo a despedirme —respondió Clementina suspirando.

—La niña está grande ya —le dijo la madre.

Y Clementina vio al patio donde jugaba su pequeña con otros niños de la aldea. Un joven gallo perseguía a una gallina negra mientras el perro flaco de la casa se rascaba las pulgas con los dientes.

—Va a cumplir nueve —dijo Clementina.

—Que rápido pasa el tiempo —susurró la madre.

Si alguien hubiera pasado en ese momento

por la casa, habría pensado que era una visita cualquiera de una hija a sus ancianos padres. La niña jugando en el patio y los tres adultos tomando café, mientras hablaban de vecinos y familiares vivos y muertos. Pero Clementina y sus padres sabían que no era así. Ellos habían visto ese ritual tantas veces, de seres ya muertos que visitan a los vivos para decirles adiós y cerrar los círculos que la vida abre a cada paso. Más parecía el cierre de un contrato que una visita familiar.

—¿Qué vas a hacer con la casa? —preguntó el padre.

—Dejársela a mi marido, él cuenta con esa casa desde hace mucho tiempo y no puedo pelearla.

—¿Y la niña? —preguntó la madre.

Clementina guardó silencio por un momento, como buscando las palabras apropiadas.

—Pensaba dejarla con ustedes, mi marido no se hará cargo de ella, no tiene porqué hacerlo. No es su hija —dijo tragando saliva.

Sus padres la vieron por un momento, hubieran deseado no tener que estar en esa situación, pero entendían.

—No puedo más —dijo la madre y dejó en la mesa la taza que sostenía con sus manos para abrazar a su hija y llorar.

El padre, silencioso en la silla, miraba el borde descosido de su sombrero campesino.

Luego llegaron los hermanos y hermanas, tíos, tías, primas y primos. Todos se sentaron alrededor de Clementina y observaron de pie junto a la estufa, mientras conversaban sobre cosas cotidianas, como la otra compañía minera que se estaba instalando en la zona y prometía trabajo y riqueza a los habitantes del pueblo, o tal o cual vecino que se había ido mojado a los Estados Unidos.

Al llegar la noche Clementina se levantó, llamó a su hija para pedirle que comiera algo y se despidió de todos, repartiendo abrazos extendidos y besos. Con dificultad fue a la pequeña habitación y se acostó.

—¿Qué vas a hacer mañana? —preguntaron.

—Mañana me voy —dijo Clementina, sin dar más detalles.

Esa noche no durmió y se descubrió con los ojos abiertos en la oscuridad mientras escuchaba la respiración de su hija y los ronquidos de sus padres.

«No es justo» —pensó, mientras acariciaba el rostro cálido de la pequeña.

Pudo recordarse niña en esa misma casa, durmiendo bajo ese techo que crujía quedito en las noches de verano. Pudo recordar las peleas, los llantos, los silencios que se extendieron como epidemia.

—Todo está tan lejos ahora —dijo en susurros.

A la mañana siguiente se preparó para lo que sería la acción más difícil de su vida. Se incorporó en la cama, su madre le había arreglado una almohada con una ropa limpia en una sobre funda, y sentó a su hija junto a ella.

—Hoy me voy a ir —le dijo.

—Yo voy con usted —pidió la niña.

Clementina guardó silencio como buscando las palabras exactas.

—No, mi amor —le dijo—, vos te vas a quedar con tus abuelitos.

—¿Cuánto tiempo? —preguntó la pequeña.

—No sé —dijo Clementina sabiendo que mentía.

—¿Va a volver por mi?

—Si me recupero volveré por vos.

—¿Pero usted se va a recuperar verdad?

—Confío en Dios que sí —le dijo y le besó la frente.

Afuera del cuarto la abuela escuchaba la conversación entre Clementina y su hija. En sus manos estrujaba la falda de su vestido conteniendo el llanto.

—Tus abuelitos te van a cuidar bien —dijo Clementina—, hágale caso en todo lo que le digan; ¿oye?

La niña asintió con la cabeza. Luego Clementina la abrazó tan fuerte como pudo. Hubiera querido quedarse así para siempre.

—Ayudame a vestirme —le dijo a la niña.

Y la pequeña escogió con cuidado la ropa que se pondría su madre: la falda de flores amarillas, que le recordaba al primer día que fue a la escuela.

—Usted andaba esta falda el primer día que fui a la escuela —le recordó la pequeña.

La blusa azul celeste, como el cielo. Los zapatos negros bajitos, porque son más cómodos para caminar y con cuidado le agarró el pelo para ponerle la diadema negra que ella misma le regalara la última navidad.

—¿Cómo me veo? —preguntó a la niña.

—Linda —le dijo.

Despacio se levantó de la cama. Al salir del cuarto vio a su padre y a su madre que la esperaban de pie junto a la puerta.

—Qué linda te ves —le dijo la madre.

El padre y las hermanas sonreían, los ojos aguados contenían el llanto.

Clementina agradeció los cumplidos, caminó a la cocina y pidió un te, que rápidamente se lo prepararon.

—¿Por qué tan linda? —preguntó el padre.

—Hoy me voy —dijo Clementina saboreando el té en su boca.

El viejo vio el vapor que salía de la taza de su hija.

—Vino un hombre que quiere comprarme la tierra —dijo.

—¿Quién es? —preguntó Clementina.

—No sé, alguien de la minera.

—¿Y la va a vender? —volvió a preguntar.

—No sé, estoy pensándolo. Me da buen precio, pero así como están las cosas el dinero rápido se acaba. ¿Vas ir a ver al papá de la niña? —preguntó el viejo.

Clementina negó con la cabeza mientras tomaba té.

—Ese hombre es un desgraciado —dijo la vieja entrando a la cocina con una gallina pelada que pronto procedió a abrir para sacar las vísceras.

Clementina vio la operación de la madre y sintió asco.

—Voy a descansar un rato —dijo.

Y se salió de la cocina. El viejo quiso ayudarla pero ella no lo dejó, señalándole con la mano que no era necesario. En unos minutos comenzaría a llegar el resto de la familia, hermanos y primos que permanecerían con ellos para lo que se venía.

Clementina se acostó, su espalda le dolía y su vagina sangraba. Vio el techo y sonrió.

Soñó con otro final, rodeada de gente querida. Ella era vieja y su hija crecía feliz, entre las flores de su jardín. En su sueño llegaba un hombre a buscarla, era pequeño y delgado, de cabello canoso y pecho grande.

—¿Te conozco? —quiso saber Clementina.

—No. —Le dijo el hombre extendiendo su mano.

Clementina alargó su mano y comenzó a caminar junto al desconocido. Pasaron bajo un árbol de ramas grandes y hojas gruesas que a Clementina le pareció una especie de roble.

—¿Quién te dijo que vinieras por mi? —preguntó en el sueño.

El hombre sonrió.

[Diciembre de 2011]

LA VIDA ES ESTO

A Óscar René,
el padre que casi tuve.

Hacía doce años que no sabía de él y al principio me costó reconocer que estaba muerto. Hay muertos que no parecen muertos, sino durmientes. Yo no quería verlo, nunca me ha gustado ver a los muertos que fingen dormir en el féretro, pero cuando mi hijo de cuatro años se acercó curioso al ataúd, me acerqué junto a él para acompañarlo.

—¿Éste es tu papá? —preguntó mi niño señalando al cuerpo inerte de René.

—Sí —le contesté, viendo la piel amarilla del rostro, la corbata arreglada hasta la manzana y las manos pasivas sobre el pecho.

—¿O sea que ya no tenés papá?

Yo negué con la cabeza, lamentando que mi padre nunca tuvo oportunidad de conocer a su nieto.

—No sé si alguna vez tuve un padre —dije tomando su pequeña mano.

La última vez que vi a René fue en el año 1996. Llegué una Semana Santa a su casa en Río Lindo para presentarle a mi novia y él nos recibió con la alegría de siempre. Esa vez me preguntó si había pensado irme a vivir con él, yo le respondí que no, que estaba bien en Comayagüela. La verdad nunca quise vivir con él.

René amaba a su padre (mi abuelo) de una forma especial. Estaba convencido que vivían en mundos distintos y con eso disculpaba los errores del viejo.

—Don Alfredo sólo quiere al dinero — interrumpió desde la cocina su esposa, cuando René comenzó a hablar de la relación con su padre.

Una mañana llegó una negra a trabajar como sirvienta a la casa de don Alfredo y éste, que en ese entonces tenía apenas dieciséis años, se enamoró perdidamente ella. Era una cipota de manos gruesas y culona que tenía unas caderas anchas como vasija de barro, que lo volvió loco.

—Tu mamá también está loca —interrumpió nuevamente la esposa de René entregándole una taza de café—, ¿Cómo iba a salir cuerdo éste con esos padres? —comentó sonriendo.

Lolita, la abuela de René, mandó a Alfredo a trabajar para mantenerse como hombre. Luego nació René y su madre se tuvo que ir, porque la honorable familia no permitiría que una negra criara al pequeño, por muy su madre que fuera.

—¿Y qué pasó con tu mamá después? — pregunté a René aquella tarde.

—Por allí ha de andar —me dijo, señalando con la mirada algún punto indefinido en la pared.

Luego de esa visita no volví a verlo, yo me fui

del país para estudiar y él se cambió de casa. Cuando volví de vacaciones intenté ubicarle sin mucho empeño y supe que vivía en Peña Blanca, cerca de un parque arqueológico. Yo no lo busqué más.

—¿Por qué nunca volviste? —me preguntó su esposa en el velorio de René y yo no tenía una respuesta para darle.

—No sé —le dije, que era como decir nada.

Don Alfredo era un hombre delgado y religioso, de andar puntiagudo como pájaro, que caminaba siempre de la mano de su esposa Aurora. Fue él quién me llevó a la casa de René un mes de marzo de 1988, la primera vez que lo vi, cuando yo tenía catorce años.

—Soy Óscar —le dije a don Alfredo, aún nervioso, cuando lo llamé luego de haber dado con su número en la agenda telefónica—, el hijo de René. Lo llamo para preguntarle por él y ver si puede usted llevarme a conocerlo.

—¡Claro! Vení a mi casa y te llevo. —Dijo el viejo, dándome luego la dirección de un fino barrio de San Pedro Sula, de frondosos almendros, jardines verdes y perros miniatura, a dónde mi madre me llevó y me dijo antes de dejarme sólo con ellos:

—Si querés que te venga a buscar antes, me llamás. ¿Entendido?

—Sí —le dije, apreciando luego los cuadros religiosos en las paredes de la casa de don Alfredo, las fotografías de familiares en los Estados Unidos, la pecera de colores y los pequeños adornos de vidrio en la sala.

—Se va alegrar mucho René cuando te

conozca, sé que siempre ha querido conocerte. —Comentó antes de subirme al carro para iniciar un viaje silencioso hasta Río Lindo.

En el velorio de René volví a ver a mi abuelo y no lo reconocí. Habían pasado veinte años desde aquel día de 1988 y ambos éramos ya dos personas distintas. Tomé a mi hijo de la mano y me acerqué a él.

—Este es mi hijo Galel —le dije.

—Se parece a usted —comentó el viejo acercándose al niño, tratando inútilmente de ser simpático—. ¿Cuántos años tienes? —preguntó al pequeño.

—Cuatro —respondí yo.

—Yo quería mucho a tu papá —aseguró don Alfredo con un tono que más parecía de disculpas—. Es una pena que todo haya pasado así.

—¿Qué pasó? —pregunté.

—¿No te han dicho nada?

—No.

Don Alfredo bajó la vista como buscando la forma de decir lo que pensaba, pero su esposa Aurora, que observaba toda la interacción con cierta distancia, se acercó a nosotros y tomó al viejo del brazo.

—Disculpe, pero Alfredo necesita descansar —me dijo.

Vi a mi abuelo a lo lejos que hablaba con Aurora. Esta lo consolaba como se consuela a un niño, luego se retiraron sin siquiera decir adiós.

—Don Alfredo se siente culpable de la muerte de René. —Me dijo una prima que vio la interacción con el viejo—. Él está seguro que mi tío René se hubiera salvado si él le hubiera prestado más atención.

—¿Y de qué murió René? —pregunté.

—Murió de tristeza —dijo la prima—, René cayó en una depresión que le duró meses, no sé, a lo mejor años. Decía que su vida era un fracaso, que no tenía nada, que no había hecho nada y luego comenzó a beber. Perdió el trabajo, perdió la casa. Sus últimas semanas las pasó en un estanco, cerca de un mercado en San Pedro Sula, bebiendo.

Yo vi el cajón oscuro de mi padre en medio de la sala del instituto Manuel de Jesús Subirana, donde dio clases la mitad de su vida y ahora servía de velatorio para su cuerpo. La gente se acercaba y lo miraba inmóvil, comentaban en susurros quién sabe qué cosa y luego se retiraban, salían, se iban.

René era un hombre gordo de cabello gris y carcajadas agudas, maestro de química y bilología, director del colegio y cantante aficionado, que en los actos cívicos sorprendía a los alumnos que comentaban entre dientes: «no canta mal el profe». Había sido activista político, militante socialista, líder estudiantil y organizador comunitario. Era abogado y voluntario de la Cruz Roja.

—René siempre te quiso mucho y estaba orgulloso de vos. Cuando bebé te paseaba por las calles del barrio diciéndole a todos que vos eras «el papá de los pollitos».

Mi madre y René se conocieron en el salón de clases un febrero de 1973 y se enamoraron, con ese amor simple de los niños. Hicieron tareas juntos y salieron a tomar refrescos en la caseta de alguna señora amiga de ambos. Él era un buen muchacho, hijo de una familia con dinero, a lo menos más dinero que mi madre que tenía que usar los zapatos prestados de su hermana mayor, que rápido le quedaron chicos. Cuando yo nací, René sintió miedo. Descubrió que la vida de adulto es más difícil cuando no se ha crecido y se fue.

—Él decía que tu abuelo le había ofrecido una beca de estudios en México o algo así. Pero la verdad es que tuvo miedo —dijo mi tía.

Después se fue mi madre para Comayagüela. Don Alfredo le dijo que le iba a quitar al cipote porque ella no podría criarlo bien. Ella agarró maletas y se fue.

—Una vez fue a buscarte en el barrio Los Profesores —contaba la esposa de René—, te llevaba unos juguetes de regalo. Tendrías vos tres o cuatro años y él dijo que te reconoció en el patio de enfrente. ¿Cómo no iba a reconocerte si sos el vivo retrato de él? Pero te asustaste y corriste con miedo hacia la casa. Luego salió Rubén (mi padrastro) René sabía que tu madre estaba ya con él pero nunca lo había visto, se acercó a tu padre y le preguntó quién era él.

—René —le dijo.

—¿Y qué quiere?

—Vengo a ver a mi hijo.

—Usted ya no tiene hijos acá, esta es ahora mi familia y le pido no vuelva más.

—¿Y qué hizo con los juguetes? —pregunté.

—Creo que se los regaló a una doña en el

—¿Usted es el hijo del profe? —Preguntó la señora luego de darle el refresco a mi hijo.

—Sí —respondí, esperando no tener que entrar en detalles.

—Yo lo recuerdo bien a usted —dijo la otra mujer que junto a la primera habían estado siguiendo con atención los acontecimientos fúnebres—. Yo lo conocí a usted cuando vino por primera vez, el profe me lo presentó. ¿No se acuerda de mi?

—No. —Respondí, poniendo más atención en la bebida de mi hijo que tomaba el refresco sin prisa.

—¿Hace mucho tiempo no venía entonces? —preguntó la primera mujer.

—Mucho tiempo —se apresuró a decir la segunda cortándome la palabra—. ¿Cómo trece años verdad?

—Doce —dije, para luego tomar en los brazos a mi hijo y acercarme nuevamente al lugar en donde comenzaban a enterrar a René.

—Qué lástima —afirmó la primera mujer.

—¿Por qué? —Pregunté deteniéndome.

—Lástima que no vino a visitar a su padre antes —dijo.

Había colocado el féretro cerca del agujero y la gente se aglomeró en círculo alrededor de mi padre. Yo estaba de pie con mi hijo en mis brazos, escuchando los discursos y palabras de despedida.

—René era un gran hombre —dijo alguien, solemnemente, tratando de imitar la entonación de un orador de estrado— siempre estaba disponible para todos, nunca decía «NO» y amaba la vida con toda intensidad. Era feliz, a lo menos eso nos queda de consuelo, que sabemos que René era feliz.

—Murió de tristeza —me dijo la prima horas antes, cuando me contó que su familia lo buscó por meses por toda la ciudad y sólo le encontraron cuando él decidió volver a su casa para morir tres días después.

Hubo un momento de silencio, el hombre del discurso dio la orden para que los enterradores comenzaran a arrojar tierra sobre el féretro. Pero los enterradores no aparecían.

—¿Dónde están? —preguntó a sus vecinos.

Otro hombre se apartó del círculo que rodeaba el cajón de René, junto al agujero que sería su última morada y se fue a buscar a los enterradores.

—Quiero orinar —me dijo mi hijo y su pequeña voz retumbó entre el silencio de los presentes.

—¿Ahora? —pregunté susurrando.

—Sí, ahora —repitió el niño que con su mano apretaba su entrepiernas.

—Bien, vamos —dije y nuevamente me separé del grupo llevando a Galel a una tumba cercana para que orinara mientras yo prestaba atención al entierro.

—¿Y toda la gente se muere? —preguntó el niño mientras orinaba sobre una lápida gris, de una mujer que murió a los setenta años, en 1978, a juzgar por la fecha que decía la cripta.

—Sí —le dije, viendo su expresión de tristeza.

—¿Vos te vas a morir también? —preguntó.

—Sí —repetí—, algún día.

—¿Y te van a poner esas cosas blancas en la nariz?

—¿Cuáles cosas blancas?

—Esas, las que tenía tu papá.

—Ah, los algodones. Espero que no, ¿se ven muy feos verdad?

—Sí —dijo Galel al terminar de orinar.

—Antes de morir, René sólo dijo cuatro palabras: «La vida es esto» —me contó mi prima la noche del velorio.

Yo cargué a mi hijo cuando comenzaron a lanzar tierra sobre el ataúd de mi padre y busqué la salida del cementerio. Ví a mi abuelo frente a la fosa. No habían lágrimas en su rostro ni en el mío.

Mientras me alejaba y escuchaba el golpe seco sobre la madera, pensé en las palabras de René.

—Si —me dije, sintiendo el calor de mi niño en mis brazos: «La vida es esto».

[Mayo de 2012]

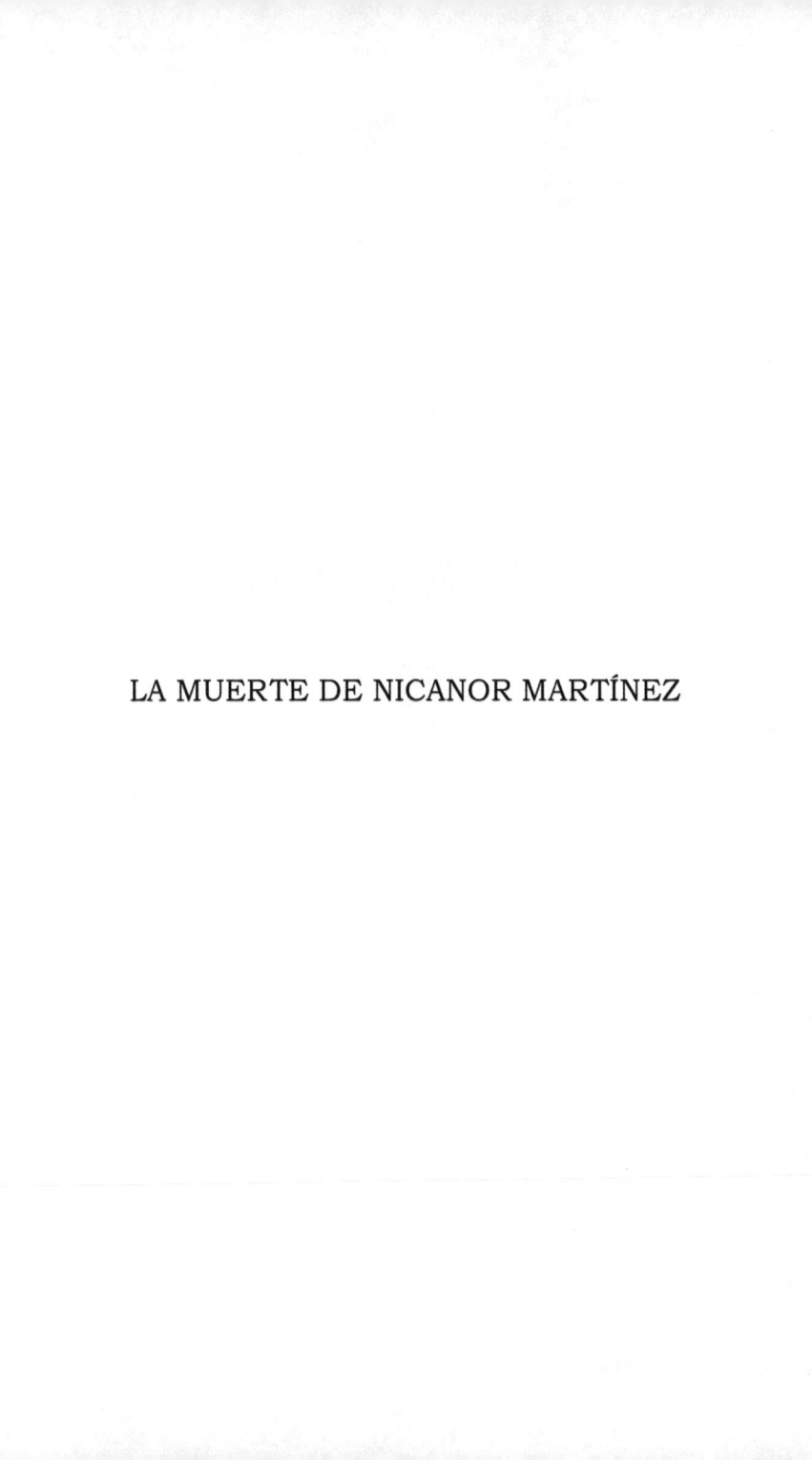

LA MUERTE DE NICANOR MARTÍNEZ

Todos pensamos que Nicanor Martínez nunca moriría, de hecho, nos desepcionó mucho su muerte. Desde niño trabajaba en lo que podía. Vendía pan de coco, mangos verdes con chile y pimienta, o recogía caracoles en la playa y les abría un agujero para meterles un pedazo de cáñamo y luego los vendía en los hoteles; o se metía al mar, para tomar ostras con la mano y abrirlas con la esperanza de encontrar la perla que lo sacaría de la pobreza.

Hacía de todo. Por la madrugada, doña Feña (la madre de Nicanor) preparaba tajaditas de plátano frito que Nicanor vendía en la carretera a Trujillo, donde los buses que venían llenos de turistas se paraban y él se acercaba a las ventanas para mostrar sus productos, suspendidos en una vara y metidos en pequeñas bolsas plásticas, y llevar así algo de plata a la casa y poder pagar, algún día, sus estudios en un colegio de Tocoa.

«El que no estudia se lo lleva el carajo» —decía mi madre cuando machacaba la yuca, tratando de convencer a doña Feña para que mantuviera al pequeño Nicanor en la escuela y doña Feña negaba con la cabeza, fumando siempre los cigarrillos Royal que don Pascual traía en la pailita cada fin de semana para abastecer la tienda con manteca y café.

«El cipote debe trabajar» —decía.

Así, cuando Nicanor cumplió los doce años, su madre lo metió a trabajar con don Américo, un pescador muy viejo que no podía más con su espalda, y desde entonces, y por el resto de su vida sana, Nicanor trabajó en el mar pensando y pescando, pescando y pensando. No puedo saber aún, si fue el mar o sus pensamientos los que lo mataron.

Pasaron los años y dejamos de ser jóvenes. Yo me fui, y volví del colegio de los jesuitas en Tocoa y Nicanor siguió pescando y pensando. El decía que el mar es un bicho tan grande, que sólo con ideas se puede recorrer. Pensaba en la vida, en el clima, en su madre anciana en la playa, en sus hermanas y sus sobrinos, en la aldea, en el hambre y las enfermedades de todos; en la suave brisa del mar por las mañanas, en el sonido de los grillos, en las noches estrelladas, en el amor y el odio; en la pobreza y en los sueños. Pensaba en todo y en todos.

Lanzaba su red al mar y se quedaba viendo los peces caer en la trampa. Luego, recogía la red y regresaba al pueblo, disfrutando el suave movimiento de la embarcación hasta llegar a la playa. Eso lo hacía todos los días y él era feliz.

Su madre, al igual que todos, seguía envejeciendo, con un cabello blanco como la espuma, mientras en las calles arenosas del pueblo, sus hermanas y luego los sobrinos de Nicanor corrían de un lado al otro como cangrejos. Se volvió tan vieja que apenas podía caminar por el reumatismo, Nicanor la llevó a vivir con él a la pequeña casa junto a la playa, que años antes había construido, cuando todos creímos que los días de soltero de Nicanor habían terminado.

Nicanor nunca se casó. La novia, que era una bella joven de veinte años y caderas anchas como cayuco en mar en calma, murió de fiebre tifoidea en aquellos días en donde todos estábamos convencidos que moriríamos por la plaga.

Fue para esos días que regresé a la aldea. Había terminado mis estudios en el colegio de los jesuitas y me dijeron que el puesto de maestro estaba vacante, porque el anterior catedrático se había escapado del pueblo con una cipota de doce años. Yo llegué y comprobé que siempre se puede estar más pobre. La vida en la aldea se había puesto más difícil, después que el último huracán arrasó con todas las milpas y embarcaciones. Los hombres, se fueron a trabajar a los hoteles que nunca afectaban los huracanes y Nicanor fue uno de los pocos hombres que aun pescaba, y después, el único que lo hacía.

Llegué al aula y abrí la puerta para ventilar la habitación que olía a mar encerrado; sacudí los pupitres llenos de telaraña; toqué la campana y vi a los niños llegar a la escuela —muchos de ellos nuevos para mí, aunque yo creía que conocía a toda la aldea—. Esa tarde, caminando por la playa, volví a ver a Nicanor que me recibió como se recibe a un hermano que viene de la guerra. Aún no estaba enfermo, pero quizá el mar lo había sentenciado, porque el cielo se cubrió de nubes negras, como amenazando tormenta.

Por la madrugada Nicanor tomó su cayuco, su red, sus pensamientos y se metió al mar de cielo oscuro y nubes bajas como golpes traicioneros. Quién sabe lo que pasó en alta mar, Nicanor nunca quizo hablar de ello, mejor dicho, nunca pudo, porque por la tarde, después que terminé mis clases en la escuela y salí a caminar por la playa, sintiendo los golpes de las olas en mis pies húmedos y fríos, supe, que Nicanor venía enfermo.

Era temprano para su regreso, normalmente los pescadores en las aldeas salen cuando el cielo aún está oscuro, dejando a su paso una línea de puntitos de luz en el horizonte y vuelven por la tarde, con su carga que limpia y mandan con sus hijos o mujeres al pueblo más cercano, para venderlos y comprar cualquier cosa que don Pascual tenga en su tienda.

Nicanor volvió antes del almuerzo. Pescando en alta mar le dio el hipo. Al principio creyó que era un hipo cualquiera, tapó su boca y nariz con sus propias manos y aguantó la respiración hasta que los ojos comenzaron a lanzarle lágrimas y el pecho daba brincos exigiendo la pronta expulsión del aire, pero no funcionó. Al rato, y luego de haber probado varias veces la misma receta, el hipo continuaba, y más bien parecía haberse intensificado. Pensó que luego pasaría. Trató de seguir pescando pero no pudo. Su cuerpo seguía colmado por el hipo, aunque su mente quería llenarse de pesca. Cuando entendió que era inútil, subió las redes y regresó con los bolsillos vacíos junto a su anciana madre.

Una vez en casa, siguió probando con nuevas curas. Doña Feña hirvió el agua de coco con sal y se lo dió para tomar con la nariz tapada, como le daba los remedios de niño cuando la gripe lo atacaba y le impedía vender en la carretera, y eran sus hermanas las que salían ese día y luego volvían con menos ganancias, porque nadie era tan buen vendedor como Nicanor Martínez. Pero esos remedios tampoco funcionaron. Probaron con puchos de sal virgen, azúcar de caña, miel de abeja, limón cocido con leche tomado de cabeza y más de alguna vez las hermanas o sobrinos trataron, escondiéndose en los rincones oscuros de la champa, de saltarle a cualquier descuido y asustarlo, que era la forma más eficiente de quitar el hipo, pero sólo le quitaban, a Nicanor, la paciencia.

Rápidamente se corrió la noticia del mal de Nicanor. Toda la gente de la aldea, incluso los que no teníamos nada que aportar, comenzamos a entrar a la pequeña casa inundando el aire de nuevas propuestas: ¿ya probó nadando bajo el agua?, ¿o colocando una bolsa plástica sobre su cabeza? También podría darle de beber sangre de gaviota o frotarle el cuerpo con aceite de tiburón... Pero el hipo de Nicanor parecía aumentar con cada receta.

Nicanor perdió la voz, porque cualquier palabras la cubrían los espasmos del mal que lo azotaba. Nosotros nos sentimos afligidos al ver sus ojos llorosos, mientras golpeaba su pecho maldiciendo a Dios por haberlo castigado con el peor de todos los males del planeta. Dejó de comer, porque no podía tragar el bocado, sólo líquidos bebía y su cuerpo se fue adelgazando con los días, como su piel fue perdiendo el color oscuro de las jornadas de pesca en alta mar que, en la memoria de Nicanor y quizá en la del pueblo entero, parecían tan lejanas.

Fue más o menos para el décimo cuarto día cuando apareció aquel turista, que sin saberlo traería la fama mundial a Nicanor Martínez. En la tarde caminaba por la calle de la aldea, perdido quizás de las playas privadas de alguno de los hoteles que continúan acercándose como plaga de insectos, que con el tiempo nos comerán a todos, o nos mandarán tan lejos, a donde ni el mar nos reconozca. El doctor Engels se llamaba y dijo que era médico y que ejercía en Berlín. Era un hombre de unos cincuenta años que parecía más joven que nosotros, que apenas y llegábamos a los treinta. No hablaba bien español, pero no importó porque entró a la casa diciendo: «doctor, soy doctor» y metiendo las manos en el pecho y la barriga de Nicanor, posando el oído en la espalda y negando con la cabeza cuando le explicamos las recetas que habíamos intentado.

—Muy mal —dijo el Doctor Engels—, vais a matar al hombrre. Y comenzó a apretar la barriga de Nicanor repetidas veces diciendo: «ser problema de dayafracma».

Al morir el día, Nicanor seguía con su hipo y el doctor Engels comenzó a caminar de regreso a su hotel, negando siempre con la cabeza y diciendo: «muy mal, muy mal».

Fue esa misma noche cuando Nicanor también perdió el sueño. Antes lograba dormir a ratos, pero luego esos momentos se fueron haciendo más raros, hasta que desaparecieron por completo y Nicanor se pasaba las noches en vigilia caminando por la playa y despertando a media aldea con su hipo que nos hacía odiarlo, porque él ya no trabajaba, pero nosotros debíamos seguir nuestras vidas y queríamos dormir.

Al día siguiente el Doctor Engels regresó y trajo consigo a un grupo de gringos y japoneses que se encerraron en la casa de Nicanor Martinez y por más que quisimos saber lo que estaba ocurriendo, nos asomamos a las luces de la ventana, pegamos las orejas sucias a las paredes de madera de la casa, nos subimos al techo para espiar desde los agujero de las láminas de zinc, sólo logramos ver a los turistas rodeando al enfermo, golpeándolo con varas, haciéndole preguntas que nadie entendía, tocándolo y grabándolo en una cámara pequeña que luego salió a grabar las calles del pueblo y los niños se volvieron locos corriendo para ponerse enfrente y sonreír. Por la tarde los extranjeros se fueron y todo en el pueblo volvió a la normalidad, incluso el hipo de Nicanor, que ahora era parte de nuestra identidad local.

En el pueblo no había luz eléctrica. Nunca la hubo. Es por eso que no la extrañábamos, porque no se extraña lo que no se imagina. Don Pascual compró un pequeño motor que trabaja con gasolina y da luz para un televisor y un vhs que él mismo trajo de Tocoa. Cada tarde, cuando el sol se iba de nuestro cielo y no quedaba en la aldea sino la espera del día siguiente que llegaba como llegan todos, nos reuníamos en la casa de Don Pascual. El cobraba dos pesos por entrar a ver la tele y su casa se llenaba. A veces, ponía una película de Jacky Chan, a todos nos gustaba mucho, especialmente cuando hacía esas piruetas que más de alguna vez inspiró los juegos de los niños y más de alguno se rompió un brazo en el intento; pero habían otras noches, que no nos quedaba más remedio que ver la programación nacional, quizá las noches donde menos gente iba a la función, las mujeres pedían la novela, los hombres futbol, pero don Pascual ponía el noticiero y nos quedábamos los que no teníamos qué hacer y los demás volvían a sus casas reclamando que les devolvieran los dos pesos para ir a la cantina a bien usarlos en medio octavo de guaro. Ese día, más o menos una semana después de que el Doctor Engels y los demás se fueron del pueblo, vimos a Nicanor Martínez y su hipo en la pantalla.

Inmediatamente se corrió la voz que Nicanor estaba en la televisión; antes de ir a los comerciales la casa de don Pascual estaba llena de gente, riendo, al verse en la pantalla que mostraba la aldea llena de morenos con grandes dientes blancos. El reportaje terminó, nadie entendió lo que decía y don Pascual quizo cobrar los dos pesos, pero nadie los pagó, porque la gente volvió a salir con la misma emoción con la que entró. Yo me quedé un rato más, vi un par de reportajes que me parecieron aburridos y luego volví a mi casa. Nicanor era conocido en todo el mundo como «el hombre del hipo», de eso no había duda, lo habíamos visto en la tele describiendo sus achaques a los turistas y los turistas le hacían preguntas que él respondía.

Y en efecto, un par de días después la aldea se volvió a llenar de extraños, que comenzaron a llegar con los más variados remedios para el mal de Nicanor. Uno dijo que estaba siendo poseído por un demonio del mar y nos hizo saltar y cantar a yemayá, changó y babalú- ayé, para que nos ayude a sacar de ese pobre hombre el demonio que lo atormenta. Otro dijo que era un trauma de Nicanor, posiblemente de su infancia infeliz o al abuso de algún turista, de esos que llegan hasta acá para cogerse a los cipotes y que si Nicanor no lo recordaba, era porque su subconsciente lo había borrado para no tener que vivir con la vergüenza. El sicólogo acostó a Nicanor en una hamaca y comenzó a preguntarle cosas de su infancia. Nosotros, que no entendíamos lo que el doctor hacía, nos quedamos afuera riéndonos de Nicanor y el supuesto turista que lo había jodido de niño y que nadie recordaba.

La terapia de hipnosis tampoco funcionó y otro hombre dijo que podía curar el hipo drogando a Nicanor, para relajar el diafragma y pudiera así respirar como un bebé. Nicanor quedó tirado por varias horas en el suelo de la casa y siempre que queríamos levantarlo se volvía a arrojar. Más de alguno comentó que Nicanor no volvería a ser normal y nos imaginamos a doña Feña paseándolo en una carreta, pidiendo limosna en Tocoa, como hemos visto hacer a otras personas que andan con su hijo, o hermano, o amigo, o socio idiota lleno de baba en el cuello y la mirada perdida, porque el infeliz nació así o porque un terrible accidente lo dejó jodido, o porque el tratamiento con el hipo no funcionó. Pero nada pasó. Al día siguiente Nicanor parecía el mismo de siempre y el hipo había aumentado.

Así fue pasando mucha gente. No había día en el cual no llegara alguien al pueblo con una nueva idea para el hipo y Nicanor aceptaba re-signado la receta. Un hombre se dedicó a escribir todos los tratamientos probados en Nicanor, porque dijo, haría el primer tratado de hipología.

Desde entonces y por los nueve meses que duró la agonía de Nicanor, la vida del pueblo entero giraba al rededor de su hipo.

Don Pascual vendía comida en una carreta que él mismo hizo frente a la casa de doña Feña. Otros llevaron cocos de agua para calmar la sed de los visitantes y hay quienes alquilaron sus casas a los viajeros que deseaban quedarse más tiempo para disfrutar de la vida sencilla del paraíso.

Recuerdo un día, que todos salimos corriendo de la escuela al escuchar el tracateo de un helicóptero que bajaba frente a la casa de Nicanor. Era el presidente de la República, que conmovido por el mal del célebre pescador, decidió hacerle una visita en persona y nombrarlo héroe nacional, por su importante aporte a la ciencia y el turismo. El Presidente se sacó un par de fotos con Nicanor estrechándole la mano y entregándole el diploma de Héroe. Luego volvió a subir al cielo volando las sábanas blancas que las mujeres habían tendido al sol para secar los meados de los niños. Nicanor, nuestro Héroe, seguía con hipo.

Los periódicos y noticieros nacionales y extranjeros enviaron sus corresponsales para seguir de cerca la agonía del famoso hombre que había conmovido al mundo con el extraño mal. Nicanor era ahora tan delgado que apenas se parecía a su propio esqueleto y los corresponsales, rodeados siempre de su algarabía de computadoras portátiles y teléfonos satelitales, decían que así era mejor, que la piedad vende más en las noticias.

El tiempo siguió pasando y todos nos acostumbramos a los extraños. Unos periodistas se fueron con un color dorado de días y semanas en las blancas arenas de nuestras playas y otros volvieron sustituyendo a los bronceados corresponsales. Nicanor solo quería morir. Decía estar cansado, agotado de no poder comer, de no poder dormir, de no poder respirar como la gente, de no poder trabajar, que ahora era sólo una carga y por eso era mejor morir.

El doce de mayo de 2002 a las cinco treinta y tres de la tarde, hora del centro, el deseo de Nicanor Martínez se hizo realidad. Las cámaras de todo el mundo cubrieron en directo su agonía y ninguno de la aldea pudo entrar a verlo, porque no había espacio en la casa con tanto corresponsal y cámara por todos lados. Doña Feña lloraba mientras veía a su hijo en la pantalla del televisor de Don Pascual, quien nos permitió a todos ver la tele sin pagar, porque dijo que era un día de dolor para el pueblo entero. Allí estaba él, Nicanor, viendo asustado los cientos de periodistas que esperaban sus últimas palabras, sus ojos pelados parecían más grandes en el televisor y sus huesos más largos. Yo sentí por un momento que él me miraba como queriéndome decir algo que nunca dijo, respiró profundamente, tuvo un último espasmo del hipo y luego murió.

Los periodistas no ocultaron su desilusión con Nicanor, por no haber dicho nada memorable antes de morir. No hay nada peor que morir en silencio frente a la prensa.

Comenzaron a salir de la casa llamando por teléfono o escribiendo en sus computadoras, luego se fueron como habían llegado, dejando una nube de polvo a su paso y nunca más volvieron a aparecer por nuestra aldea.

Nosotros sacamos a Nicanor de su casa cubierto en una sábana blanca, su madre y sus hermanas lo lloraban como sólo se llora a un hijo o a un hermano y fuimos todos, como siempre vamos cuando muere alguien en el pueblo, a enterrarlo en nuestro pequeño cementerio, desde donde se escuchaban los golpes de las olas que parecían decir adiós a nuestro amigo, el último pescador del mundo.

[Mayo de 2002]

PATERNIDAD

No sé cómo comenzar esta historia, en especial, porque ni yo mismo sé, aún, cómo entenderla. Lo cierto es que cambió mi vida y por eso debo contarla. Me limitaré, en todo caso, a describir los hechos ocurridos.

Fue un viernes a finales del mes de agosto. La semana había llegado al término de las jornadas de oficina. Habíamos acordado desde temprano que nos reuniríamos por la noche a tomar algunas cervezas y allí estábamos todos, acariciando con los codos los costados de una mesa ajena de bar. Pasaban las once y la noche apenas comenzaba. Mi jefe, que siempre dijo tener el alma joven, decidió quedarse con nosotros sacrificando las horas de sueño junto a su familia. Estábamos, en todo caso, alegres.

No importa ahora describir a detalle el lugar en donde estábamos, basta con explicar que era uno más de los muchos bares que en la noche del viernes se llena de jóvenes obreros que relajan las miserias de la vida con el sabor del fermento y la levadura. Llevábamos, en todo caso, más de tres cervezas y los decibeles de voces había aumentado con la emoción de los temas. Ya no recuerdo de qué hablábamos, pero debió haber sido lo mismo de siempre: el conflicto árabe-israelí y la absurda guerra contra el terrorismo, el paquetazo de Maduro y la dura situación económica, el fracaso de Lucas con su película, o quizás, a lo mejor, del buen trasero de alguna de las mujeres de la cooperación extranjera, que cambian cada año para bien de la variedad femenina en una ciudad pequeña como Tegucigalpa.

Pedimos otra ronda de cervezas que al instante llegó de mano de una joven mujer de falda corta y cabello oxigenado quién regalaba a cada paso una sonrisa de buena vendedora. Fue entonces cuando lo vi por primera vez.

Estaba en la puerta, era un niño de algunos doce años, pero que pudo haber tenido nueve. Vestía en harapos, con los bolsillos llenos de monedas de vidrios limpios y la cara sucia de lágrimas brotadas por el hambre —y un no se qué de pena en la mirada antes de tiempo—. Usaba un pantalón azul con remiendos y parches y una camiseta sucia cubierta de agujeros. Debo decir que no soy un hombre observador, pero que si vi todos esos detalles, es porque habría de verlos varias veces y quizá por el resto de mi vida. En cuanto el niño me vio se dio la vuelta y regresó por la misma puerta por dónde había entrado, yo seguí bebiendo mi cerveza y lancé a la mesa un nuevo tema de conversación que rápidamente cogió eco.

Un par de minutos después el niño volvió.

Ya no estaba solo; con él venía, tomado de la mano, otro niño un poco más pequeño, que era como una maqueta del primero, atrás estaba una mujer delgada y sucia con un bebé en los brazos y una barriga de cinco meses. Pensé que era la madre de aquellas criaturas que nadie más que yo parecía notar.

Los niños me veían como buscando valor para acercarse, y yo creí saber lo que querían; busqué mentalmente en mi bolsillo algunas monedas para pagar la paz que buscaba, pero me dí cuenta que sólo tenía un billete de cien pesos que no podía entregar en limosnas.

«¿Acaso a mí me regalan el dinero?» —me dije y me di valor para negarme a los ruegos de aquellos niños que, sin embargo, seguían a unos metros de nuestra mesa, viéndome, estudiándome, reconociéndome quizás.

Al rato los niños se acercaron. Se pararon frente a la mesa y todos los vimos. Alguien reía, alguien había contado quizás un chiste y alguien lo entendía con retraso. Luego de un rato, todos guardamos silencio y quedamos viendo a los dos niños.

—Papá —me dijo el mayor— venga con nosotros. Lo hemos estado buscando.

Todos comenzaron a reír.

—Coño, compadre —me dijo uno de mis amigos—, dales de comer a tus hijos.

Y las risas llenaron nuevamente la mesa.

De más está explicar que ni yo, ni los niños reíamos. Los vi por un momento y luego traté de explicarles que no tenía dinero. Recuerdo que alguno de mis amigos sacó de su bolsillo un par de monedas y se la extendió.

—Qué buena broma —dijo sin poder parar de reír.

Los niños no tomaron las monedas, yo me acerqué a ellos y les pregunté qué querían.

—Que venga con nosotros —dijeron casi en coro. Vi a la mujer de la puerta que se acercaba con el bebé en los brazos.

—Vuelva con nosotros —dijo la mujer— lo hemos estado buscando toda la noche.

Las risas aumentaron, yo traté de ver a los ojos de la mujer como buscando a alguien conocido, pero nunca en mi vida la había visto. Se que mi memoria a veces es mala, pero si hubiera conocido a esa mujer la recordaría. No era fea, había, bajo esa capa de mugre y miseria, algo parecido a la belleza. Tenía los mismo ojos de los niños y la piel delgada por el hambre. Sentí lástima.

Poco a poco mis amigos se fueron silenciando; pensé que la mujer y los niños eran actores y que todos me jugaban una broma, pero ni mis amigos, ni la mujer aceptaban que lo fuera.

Nadie volvió a reír y yo trataba de explicar a la mujer y mis amigos que no los conocía, que no podía haberlos conocido.

—Venga —me decía la mujer casi llorando—, venga con nosotros. Nos portaremos bien.

Y los niños repetían con ella sus palabras.

—Venga papá, venga.

Yo sentí vergüenza, todos en el bar me miraban desde sus mesas y comentaban entre ellos.

—Mire, señora —traté de explicarle— no sé quién es usted ni quienes son estos niños. Sea quien sea a quién busca, no soy yo. Usted está cometiendo un error.

—Usted es Óscar Estrada —me dijo el menor de los niños— y es nuestro papá.

Yo traté de buscar apoyo solidario entre mis amigos, pero ellos me miraban desde el otro lado de la mesa sin entender más que yo lo que estaba pasando.

—No los conozco —dije a mis amigos. Ellos asintieron con la cabeza sin decir nada.

Yo sabía que comenzaban a dudarlo.

Rogué a la mujer que se fuera, saqué el billete de cien pesos que atesoraba en mi bolsillo y se lo ofrecí a cambio de que me dejara en paz, pero ella no lo tomó y siguió llamándome por mi nombre y diciéndome que aquellos eran mis hijos y que me habían estado buscando toda la noche. Busqué nuevamente en su rostro tratando de encontrar algo que me explicara sus palabras pero no la conocía. Si de algo puedo estar seguro, es de que no los conocía.

Me despedí de mis amigos, ellos me vieron salir sin tratar de detenerme. Sé que cuando me vaya hablarán de mi, yo también lo haría —pensé— , dirán que soy una mierda, que no me creían capaz, que pensaba que era mejor gente, pedirán otra ronda de cervezas y después cambiarán de bar, volverán a sus casas, con sus esposas y con sus hijos que no los han andado buscando toda la noche.

Yo salí del bar. Atrás de mí venía la mujer y sus hijos miserables. No les dirigí la palabra, subí al carro y me alejé. Desde el retrovisor pude ver a los niños acercarse a su madre. Ella los abrazaba y les decía que tuvieran paciencia, que ya regresaría su padre. Luego comenzaron a caminar volviendo a las sombras de dónde habían salido. Yo me fui a mi casa.

Ha pasado más de un año desde esa noche, dos, quizá tres. Mis amigos dejaron de hablar conmigo porque no querían tener nada que ver con un ser tan despreciable como yo. Yo lo entiendo. Desde el incidente en el bar me encerré en mi casa con miedo de salir y volver a encontrarme con la mujer y sus niños. Luego de dos semanas perdí el trabajo. Con el tiempo dejé de pagar el carro y la casa y los perdí. Fui bajando poco a poco hasta llegar a esta pensión de mala muerte desde donde escribo.

No los he vuelto a ver, pero sé que están allí, afuera, buscándome entre las mesas de los bares de todas las ciudades. Yo les tengo miedo, yo me escondo de ellos, de mi familia, de mis hijos.

[Julio de 2002]

LA ISLA CENTRO DEL MUNDO

Había una vez un hombre débil que vivía solo en una isla. Era una isla pequeña, con una palmera al centro, que de vez en cuando daba unos sabrosos cocos, unos arbustos pequeños, que servían de combustible para el fuego o para el techo de la pequeña casa, que servía de vivienda al hombre.

Cada mañana, desde que el hombre tuvo conciencia de sí y tomó autoridad sobre su isla, salía a caminar por la playa. Le gustaba caminar, pero la playa era muy poca y en una hora de andar el hombre había regresado ya a su punto de partida. A veces hacía dos o tres caminatas al día, hasta que de repente comenzó a ver.

No es que el hombre fuera ciego, no. Él sabía ver tan bien como cualquier otro humano poseedor de una isla completa. Por mucho tiempo y durante las caminatas el hombre andaba siempre con la vista fija en su bella isla, tratando de descubrir algo nuevo, a veces encontraba un ave extraña, otras alguna nube en el cielo que hacía una divertida sombra sobre la arena;

pero la mayor parte del tiempo el hombre miraba siempre lo mismo: su casa, su palmera y sus arbustos.

Un día, de esos en los que el cielo azul deja ver el horizonte tan cerca que parece vecino, el hombre volteó la cabeza y descubrió, en el centro mismo de la vista: Un continente.

El continente era grande, enorme. Montañas verdes y blancas que tocaban el corazón del cielo, nubes de algodón alrededor de la cima, playas infinitas donde se podía caminar por días, descubriendo siempre algo nuevo, árboles ricos y gigantes que soltaban sobre el suelo sabrosos mangos del tamaño de una cabeza humana y plátanos y guayabas y naranjas tan dulces como el azúcar misma.

Todo aquello el hombre lo veía desde la playa. Al principio no le dio mucha importancia, «está muy lejos» —pensó.

Luego se descubrió volteando la cabeza con mayor frecuencia hacia el continente, imaginando y soñando con todo lo que había en él.

Hasta que un día decidió ir.

Primero pensó en construir algo que le ayudara a flotar. Había visto las hojas muertas perderse a lo lejos en el mar y sabía que las hojas flotan.

«Si flotan las hojas —pensó— porqué no una palmera.»

Y cortó la palmera del centro de la isla.

Sin mucho pensarlo se subió a la palmera y se lanzó a la mar. El hombre iba a descubrir un nuevo mundo. Pero cuando avanzó unos diez metros de mar, la palmera se hundió en el azul cristalino.

Al otro día, el hombre, en la playa, terminó

temprano su caminata. Seguía viendo el continente y el deseo de partir fue irresistible. Vio el hombre su casa y decidió construir una barca.

Con sus brazos delgados destruyó las paredes de la pequeña casa, hizo ligas y construyó el barco que lo llevaría al continente prometido.

Y el hombre se hizo nuevamente a la mar.

Esa vez avanzó más, pero nuevamente fracasó. Cuando apenas había recorrido unos 50 metros, el mar comenzó a entrar por las paredes de su casa —ahora el suelo de su barca— y el hombre, que no sabía hundirse sin resistirse, no supo como parar el mar y la barca se perdió en el fondo misterioso de las aguas.

Al tercer día el hombre no quiso caminar. Sentado en la arena de la playa veía el continente, pensando en cómo darle alcance. Y pasó la mañana. Quería partir, pero su deseo lo había llevado al borde de la muerte y el mar es serio y no perdona. Quería partir y lanzó su cuerpo al agua buscando tocar su sueño.

La primera vez nadó cien metros. El hombre vio que no podía más y volvió a la isla, a su isla. Luego logró ciento cincuenta metros, pero su cuerpo seguía siendo demasiado débil para pelear contra la mar.

Así pasaron varias semanas, el hombre seguía en la arena y el continente parecía cada vez más grande ante sus ojos.

Entraba el cuerpo del hombre a la mar, ora cien metros, ora doscientos, ora mil. Y tomó tanta fuerza que logró vencer a la mar y llegó al continente.

Al nomás llegar el hombre al continente misterioso comenzó a caminar y a reconocer lo que había descubierto. Recorrió las playas, abrió caminos, pisó los valles fértiles, nadó en los ríos y los lagos, nombró los animales y las ciudades habitadas por extrañas personas, desconocidos que no supieron apreciar en él las virtudes de un conquistador moderno.

Así pasaron los días, las semanas, los meses, los años; el hombre, conociendo siempre algo nuevo, algo diferente, comprendió que no le ajustaría la vida para descubrir todo lo no descubierto.

Sacó el hombre la cuenta de todo lo corrido y conoció el hastío del que siempre ve algo distinto; y extrañó su isla.

Así, sentado en las playas de un continente, viendo la pequeña isla que en medio del enorme mar mostraba a sus ojos los suaves arbustos, las blancas arenas y la nostalgia de sentir el paso del tiempo, decidió volver, dejar atrás el sueño por la dulce sensación del dormir tranquilo. Tomó una barca de las muchas que había en el continente y regresó.

Todo era igual a como lo había dejado, los arbustos estaban en el lugar donde siempre habían estado, una nueva palmera creció en el lugar de la vieja y los restos de su casa lo esperaban con las puertas abiertas. Caminó el hombre por la playa de su isla, construyó castillos en su arena y se sentó a ver a lo lejos, en el horizonte, quizá a unos cuantos metros de él, un pequeño continente dispuesto a ser descubierto por cualquiera.

[Septiembre de 2001]

PRISIONERO DE LA HISTORIA

Al principio las cosas eran diferentes. Marcábamos una meta clara y el cielo estaba al alcance de las manos, nuestras manos. Pintamos el mundo de dos colores y marchamos al ritmo de la internacional, el himno de todos, y vimos segura la Victoria de la clase obrera. Porque si algo nos impulsó a seguir fue la clara convicción de la Victoria. Pensamos en la derrota, porque en cada batalla la derrota es la mitad posible. Imaginamos escenarios de retiradas, repliegues estratégicos o, en el peor de los casos, negociaciones de paz, amnistías de vergüenza y la transformación de la lucha en terrenos socialdemócratas. Lo pensamos, claro, lo habíamos visto ya en otros lugares, en otras luchas y revoluciones y sabíamos que nosotros no éramos más que instrumentos de la historia, herramientas o armas de la lucha del pueblo. Lo imaginamos, sí, pero nunca imaginamos que el enemigo llegara y entrara en nuestras almas para dejarnos el virus de la amnesia.

Cada mañana y por el tiempo de una hora, los prisioneros salen a caminar en un círculo y en una misma dirección. Los cuerpos rayados de los más temidos antisociales giran como satélites de pena sobre su propio eje colectivo. Yo lo he visto entre el grupo, solo, porque siempre ha estado solo. Él no camina, se sienta en una pequeña banca en una esquina del patio y ve al cielo. Eso es todo lo que hace, ver al cielo. Los demás prisioneros dicen que espera la muerte, otros que en su cabeza recita El Capital, *letra por letra, o* El Libro Rojo *de Mao Tse Tung; otros piensan que escribe un libro sobre la Lucha de Clases o sus* Memorias de la Revolución. *Yo no sé. Yo creo nomás que ve al azul del cielo. Al terminar la hora regresa con el resto del grupo que en línea recta son devueltos a sus agujeros y él se pierde otra vez entre los gritos de penas y calabozos de cadena perpetua.*

Nos equivocamos en tantas cosas, pensamos que el pueblo, ese ente amorfo que unifica todo lo no burgués, saldría de sus casas y se sumaría en masa a la batalla final de la revolución; que el capitalismo colapsaría, que moriría víctima de un suicidio histórico y las clases oprimidas tomarían el control de los estados y estos serían populares, comunistas, que trabajarían en la revolución permanente para lograr la desaparición final de todas las estructuras del poder de clase; que los años del fin de la pobreza venían con nuestra revolución. Creímos en el foco, en la *Guerra Popular Prolongada*, en la dictadura del proletariado. Pensamos que en nuestras manos estaba la semilla de un mañana victorioso, una sociedad nueva, sin el hombre explotador del hombre, donde todos tienen lo que necesitan, donde no hay hambre ni frío. ¡Nos equivocamos en tantas cosas!

Una vez pude ver su celda ubicada al este del edificio, en el tercer nivel, donde se guardan las fieras y los condenados a muerte. No tiene ventanas, para él la luz está prohibida. El espacio es húmedo y frío, una pequeña habitación de dos metros cuadrados, una cama y una lata que usa para tirar su propio excremento. Cuando entré a su celda, vi que escribía. Marcaba con el dedo sobre el concreto frío que luego borraba con la palma de la mano. Quise leerlo, pero inmediatamente cerró el cuaderno imaginario y juntos salimos al pasillo. Caminaba adelante, sus cadenas y grilletes sonaban como patéticas campanas navideñas. Pude ver que renqueaba, que había envejecido en los últimos dos años. No dije nada, quise preguntar muchas cosas pero no dije nada. Es mejor que él tampoco lo sepa.

Caminamos durante horas para escapar del ejército. Por la noche alguien hacía guardia en el campamento. Estaba oscuro, ni una vela, ni un fósforo. El cansancio era profundo y amenazaba con cerrar los ojos de todos, que nuestro sueño traicionero lograra a la derrota definitiva. Nos habían estado siguiendo durante días, sabíamos que cerraban el círculo y sólo queríamos escapar del cerco, pasar al otro lado de la montaña y reagruparnos para continuar la lucha. Nunca pensamos en rendirnos. Las provisiones se habían terminado hacía días y el hambre era general, pero nadie se quejaba.

En nuestros corazones pensamos que lo lograríamos salir. Yo sabía que no, pero no les dije nada.

Por las noches lo escucho llorar, lo imagino acurrucarse en un nudo de dolor y soltar la pena de saberse terminado. Él, que comandaría al pueblo a la Victoria definitiva, él, que destruiría los templos de los mercaderes de la miseria, el hijo de los pobres, el padre de la historia. Me duele verlo llorar, ¿cómo no conmoverme si llora como un niño? Solo, siempre solo.

Si hay algo que me molesta es no tener noticias, la desinformación del presente. Los días transcurren como una enorme página en blanco, nada pasa. Es como si nadie existiera o todos fuéramos ya fantasmas de nosotros mismos. ¿Qué será de todos?, ¿dónde los habrán metido? Trato de escuchar a ver si reconozco alguna voz familiar, alguien conocido, pero sólo llega el silencio. ¿Habrán muerto?, ¿creerán que los traicioné?, ¿sabrán que estoy aquí? Si tan sólo alguien me hablara...

Siempre está repitiendo las mismas cosas, la soledad lo está volviendo loco. La última vez que lo vi estaba delgado, esquelético y sus ojos profundos como lagos. Lo están matando poco a poco. Gran hazaña, matarlo como a un perro, arrancarle de la piel la dignidad de combatiente, el honor de revolucionario. Podría dar mi cuerpo a cambio del suyo con tal que no verlo sufrir, no soporto verlo así. No es justo. Traté de intervenir por él pero fue imposible. Debo cuidar de no ser tan evidente, debo voltear la mirada para esconder las lágrimas de furia, debo reír con los demás al escuchar sus gritos. Esconderme, sobrevivir, permanecer limpio en este mar de sangre. A lo mejor, es esto la justicia.

Éramos menos, siempre éramos menos. Ellos no se sienten seguros si no llegan en miles. Habíamos terminado las clases de alfabetización y esperábamos la instrucción. Al día siguiente nos reuniríamos con los compañeros del norte y teníamos todo preparado. No sé exactamente cuándo fue el primer disparo, nos agarró a todos por sorpresa. Recuerdo que corrimos a coger nuestras armas, a tomar nuestros machetes para resistir. Habíamos contemplado la posibilidad de un combate, sabíamos que ocurriría pero no tan pronto, no antes de juntarnos con los compañeros del norte. Cuando vimos nuestra desventaja numérica, nos dimos cuenta que lo único que podíamos hacer era resistir, tratar de extender los minutos mientras se presentaba la posibilidad de un escape. Uno siempre se aferra a la vida cuando la muerte asecha. En algún momento llegarían los refuerzos. Pero, ¿cuándo? Vi a los muchachos y les dije: ¡combatan!, ¡luchen! ¿Qué más podía decirles? En el fondo sabia no tendríamos escapatoria.

No sé cómo estará ahora que lo han metido en el hoyo, que lo han apartado de todos para terminar de matarlo. Me dijeron que está mejor de lo que se merece, que come, que duerme, que no es más que un gusano que vive como gusano, ¡hijos de puta que creen que con quemar la almohada queman el sueño!

Defendíamos nuestras vidas, sólo queríamos lo que era nuestro, lo que nos fue dado al nacer por la vida misma, nuestro derecho a ser libres. Sólo queríamos vivir, pero vivir con dignidad, con orgullo. Si dicen que nos equivocamos, que nos pasamos de la línea, ¿por qué no resistieron ellos?, ¿por qué no fueron capaces de ver más allá de sus barrigas?... Perdieron el bosque tras los árboles, perdieron la razón del ser humano.

Ahora me toca a mí, ahora tomaré yo por esa muerte segura. He decidido dejar de escucharlos. He decidido dejar de temerles. Yo lo conozco, he estado junto a él, crecí con él, he sido él, que ahora me vengan con eso es el colmo, ¡que se joda toda esta mierda!

Era viernes. *Creo que era viernes y estábamos cansados.* Alguien dijo que vendrían los del norte, que el pueblo no dejaría solo a su ejército. *Yo guardé silencio.* Nadie llegó. *Todo fue una mentira desde el principio, el último error de nuestra vida.* Nos quedamos viendo mutuamente y sentimos como la sombra de la muerte cubría nuestras almas. *Si tan solo pudiera tomar una taza de café, un pan... hace mucho que no como, no sé ni cuántos días.* No veo el sol, la noche, el mundo es una noche vacía. *¡Ha triunfado la muerte!*

[Febrero de 1997]

Impreso por Casasola LLC
en los Estados Unidos

MMXV